Esposa por unos días

Patricia Kay

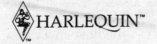

HARLEQUIN™

Editado por HARLEQUIN IBÉRICA, S.A.
Hermosilla, 21
28001 Madrid

I.S.B.N.: 978-84-671-5290-6
Depósito legal: B-35604-2007
Editor responsable: Luis Pugni
Composición: M.T. Color & Diseño, S.L.
C/. Colquide, 6 portal 2 - 3º H, 28230 Las Rozas (Madrid)
Fotomecánica: PREIMPRESIÓN 2000
C/. Algorta, 33. 28019 Madrid
Impresión y encuadernación: LITOGRAFÍA ROSÉS, S.A.
C/. Energía, 11. 08850 Gavá (Barcelona)
Fecha impresion para Argentina: 3.3.08
Distribuidor exclusivo para España: LOGISTA
Distribuidor para México: CODIPLYRSA
Distribuidores para Argentina: interior, BERTRAN, S.A.C. Vélez
Sársfield, 1950. Cap. Fed./ Buenos Aires y Gran Buenos Aires,
VACCARO SÁNCHEZ y Cía, S.A.
Distribuidor para Chile: DISTRIBUIDORA ALFA, S.A.

Capítulo Uno

Felicity Farnsworth detuvo su todoterreno frente a la entrada de Rosedale Farms y tomó una bocanada de aire para calmar sus alterados nervios. Temía el encuentro con Reed Kelly, pero llevaba demasiado tiempo retrasando aquella reunión. Ahora, aunque quisiera, no podría hacerlo más, puesto que Madeline Newhouse había insistido en que las fotos de boda de su hija Portia tenían que tomarse en Rosedale.

Felicity era la propietaria de Bodas por Felicidad, la empresa de organización de eventos más exitosa del Condado de Fairfield, Connecticut. Sus bodas siempre eran espectaculares, y la boda que los Newhouse darían para su adorada hija Portia sería la más espectacular de todas. Alex Newhouse, el famoso actor, había declarado que no escatimaría en gastos.

Por eso, si Madeline quería que las sesión fotográfica de Portia se realizara en Rosedale, Felicity no tenía opción. De otro modo, arriesgaría su prestigio, que había ganado a base de trabajo duro, y tal vez Madeline no la recomendara entre su adinerado círculo de amistades

Felicity tomó aliento de nuevo y expulsó el aire lentamente mientras cruzaba el arco de entrada a Rosedale. Por más que intentara mantener la calma, su corazón aceleró el ritmo a medida que se acercaba al edificio principal, donde estaba la oficina de Reed.

Reed.

Felicity no lo había visto desde que su mejor amiga, Emma Dearborn rompió su compromiso con él, abandonándolo por Garrett Keating. ¿Cómo se habría tomado Reed la ruptura? ¿Estaría destrozado? Tal vez no deseara ver a Felicity ni a nadie relacionado con Emma, a ninguno de sus amigos, y Felicity no podría culparlo por ello.

Pero a pesar de su inquietud ante la perspectiva de ver a Reed, Felicity no podía negar que se sentía algo nerviosa. Era irónico que el único hombre que la había interesado desde que el miserable de su ex marido la traicionó y le robó, era Reed. Todo había empezado mientras Felicity trabajaba en su boda con Emma, y por más que ella intentó convencerse de que Reed estaba fuera de su alcance, el sentimiento no desapareció.

Pero Reed ya no era el prometido de su mejor amiga. De hecho, estaba libre.

«No, no voy a empezar con ésas… No, no, no…»

Después de su divorcio, Felicity se hizo una promesa a sí misma; se entregó en cuerpo y alma a construirse una vida y una fortuna. Punto. Estaba claro que no sabía juzgar a los hombres; pensó que su ex marido la amaba, cuando lo único que él sentía era interés oportunista y nada más. La había utilizado, y Felicity no estaba dispuesta a dejarse utilizar por nadie más.

«Por eso da igual lo mucho que te atraiga, lo sexy que sea y lo disponible que esté: mantén a Reed Kelly fuera de tu mente y sigue pensando en tus objetivos, dentro de los cuales no está ni el matrimonio ni ningún otro compromiso permanente con un hombre».

Al llegar frente al edificio principal, Felicity detuvo el coche y aparcó. Puso su cara más profesional y subió los tres escalones de la entrada.

—Hola, señorita Farnsworth.

Felicity sonrió a la bonita joven que estaba sentada frente a un ordenador en la oficina de Reed. Sabía que era una de sus sobrinas, pero no cuál de ellas.

—Hola. ¿Está Reed por aquí?

La chica, que parecía tener quince o dieciséis años, asintió.

—Está en las cuadras. ¿Quiere que vaya a buscarlo?

—No, no te molestes. Iré a ver si lo encuentro —Felicity prefería ver a Reed a solas. Y más si su reacción al verla se acercaba a lo que ella imaginaba.

De camino a las cuadras, Felicity se alegró de que el camino estuviera enlosado, pues lo último que quería era estropear sus zapatos de Jimmy Choo, en los que se había gastado buena parte de sus ganancias del mes anterior. Los zapatos eran la debilidad de Felicity, que llegaba casi al punto de la obsesión. En aquel momento tenía ocho pares, y seguía comprando más.

A veces se sentía culpable por la cantidad de dinero que gastaba en zapatos, pero no dejaba que esos sentimientos la embargaran mucho tiempo. Después de todo, trabajaba mucho y el dinero que gastaba era suyo y de nadie más. En su caso, con Sam había vivido la situación contraria, cuando él se gastaba todo lo que ella ganaba. Cómo había sido tan estúpida de dejarle meter las manos en la herencia de sus padres...

–¡Felicity!

Felicity parpadeó. Estaba tan perdida en sus pensamientos que no se dio cuenta de la presencia de Max Weldon, entrenador y asistente de Reed. Max era bajito y delgado, y había sido jockey, pero su voz era grave y masculina.

–Hola, Max –Max y su padre habían sido muy buenos amigos, aunque la edad de Max estaba más cercana a la de Felicity.

Max la miró con cariño.

–Hacía mucho que no ten veía. ¿Qué haces por aquí? ¿Quieres comprar un caballo?

Felicity sacudió la cabeza.

–Ya no tengo tiempo para montar. No, he venido a ver a Reed para hablar un asunto de trabajo –por la expresión curiosa de su rostro, Felicity vio que Max sentía curiosidad por saber qué podía tener ella que hablar con Reed, pero era demasiado educado como para preguntar.

–Bueno, está en las cuadras –dijo Max.

–Gracias. Saluda a Paulette de mi parte –Paulette era la esposa de Max.

–Lo haré.

Se despidieron y cada uno siguió su camino.

Cerca de las cuadras, Felicity oyó un suave relincho a la voz grave e inconfundible de un hombre.

Reed.

El pulso se le aceleró al entrar en la sombra de la cuadra. Un sinfín de olores asaltaron los sentidos de Felicity al entrar: la avena, el heno seco, serrín y el jabón que los mozos usaban para lavar a los caballos. Aunque había sido una buena amazona, hacía muchos años que Felicity no montaba. Su ex consideraba cualquier práctica deportiva como un gasto de tiempo y dinero, y durante mucho tiempo, lo que Sam quería era lo que se hacía. Pero aquel día, entre aquellos olores y sonidos tan familiares, recordó con nostalgia su amor por los caballos y por la equitación.

Reed estaba a unos pasos de ella, hablando con dulzura a un precioso potro negro. Felicity contuvo el aliento al reconocer sus facciones… no sabía quién era más bello, si el caballo o Reed.

Observando los dos metros de Reed, su cuerpo atlético y musculoso, y su piel bronceada, no pudo evitar pensar en que Emma estaba loca. Él llevaba un polo blanco y unos pantalones de montar color café; Emma le había dicho que después de ver a Garrett por segunda vez se dio cuenta de que no quería a Reed como debería… ¿Pero cómo no podía cualquier mujer amar, o al menos desear, a Reed Kelly?

Para ella Reed era el hombre perfecto, si tal cosa podía existir. No sólo era guapísimo y muy sexy, sino que era agradable y divertido. Amable, generoso, buena persona… el tipo de hombre que a todos gustaba. Además de eso, le gustaban los caballos.

«Si hubiera sido mío…»

Pero no era suyo y nunca lo sería, porque ella ya no estaba en el mercado…

Felicity no había acabado de pensar la frase cuando Reed se giró. La cuadra estaba en penumbra, y sus ojos no se habían acostumbrado a la oscuridad del interior tras la luminosidad del mes de julio, así que no pudo ver bien su expresión.

—Hola, Felicity —dijo él en voz baja.

No parecía enfadado, lo cual era prometedor

—Ho-hola Reed —maldición… odiaba que le temblara la voz, cuando ella siempre se preciaba de mantener la serenidad. Algunas personas la llamaban princesa de hielo, apelativo que ella cultivaba porque la ayudaba a manejar a los ricos con los que tenía que trabajar. «No les dejes pensar que estás nerviosa; tienes que dar la impresión de tener la situación controlada». Ése era su mantra.

—¿Qué te trae aquí? ¿Has venido a ver cómo sufro?

Ups, tal vez sí estuviera enfadado.

—¿Cómo sufres? ¿Por qué?

En lugar de contestar, Reed acarició al potro una vez más y fue hacia ella. Felicity tuvo que contenerse para no dar un paso atrás.

—Todo el mundo habla de mí, ¿verdad? Todos sienten lástima —dijo con dureza.

Felicity nunca había visto sus ojos azules brillar con tanta frialdad. El corazón cada vez le latía con más rapidez.

–No, claro que no –pero lo cierto era que sí.

La ruptura de Emma y Reed había sido el chisme más jugoso de Eastwick de los últimos meses, y especialmente la bruja de Delia Forrester, no dejaba de hablar de ello a todo el que quería escucharla.

Reed apretó la mandíbula.

–No me mientas, Felicity. Sé que soy la comidilla de todo el condado. Casi puedo oírlos desde aquí. «Reed Kelly tiene que tener algo malo si Emma Dearborn lo ha dejado».

–Oh, Reed –a Felicity se le derritió el corazón al darse cuenta de que Reed no estaba enfadado, sino dolido.

Sin poder evitarlo, le puso una mano sobre el brazo. Él parpadeó, pero no la apartó. Deseosa de reconfortarlo, lo abrazó.

–Lo siento –le dijo con ternura–. Siento todo lo que ha pasado.

Por un momento él se quedó rígido y Felicity temió haber cruzado una línea prohibida, pero entonces él la rodeó con los brazos y apoyó la barbilla sobre su cabeza. Felicity cerró los ojos; era un abrazo de amigos, pero aun así era muy agradable. Hacía mucho tiempo que Felicity no abrazaba a un hombre al que respetara, y menos a un hombre tan atractivo como Reed.

Ella suspiró y empezó a retirarse. Levantó la vista pensando en qué podía hacer para que él se sintiera mejor.

–Reed… –empezó.

Él bajó la mirada.

Cuando sus miradas se encontraron, algo eléctrico e imposible de negar chispeó entre ellos. Entonces, en un momento que Felicity nunca podría olvidar, él bajó la cabeza y capturó sus labios en un beso.

La sorpresa detuvo el cerebro de Felicity mientras él la besaba. Ella gimió cuando él bajó las manos hacia su trasero, para acercarla aún más y que pudiera sentir su erección. Sus entrañas se habían derretido y su cuerpo estaba incendiado de necesidad.

Reed… Reed…

La cabeza le daba mil vueltas al pensar que una de sus fantasías se estaba haciendo realidad en ese preciso momento. Mientas su amiga estuvo prometida con él, Felicity no pudo evitar pensar en muchas ocasiones cómo sería ser Emma… sentir los besos, sus caricias… hacer el amor con él.

Entonces, penetrando a través del aura de deseo que la envolvía, Felicity oyó unos pasos en el exterior. Reed también debió oírlos, porque la soltó y ella dio un paso atrás.

Por un momento, se miraron el uno al otro y entonces, consciente de que tenía la cara como la grana, Felicity balbuceó.

–Tengo… tengo que marcharme. Ten. Esto es lo que he venido a traerte –sacó de su bolso el cheque que tenía preparado y casi se lo tiró. Era la señal que él le había entregado meses atrás cuando Emma y él le pidieron que se encargara de los preparativos de su boda.

Demasiado avergonzada como para esperar su respuesta, se dio la vuelta y salió todo lo aprisa que pudo de allí.

¿En qué estaba pensando?

«No estabas pensando, al menos no con el cerebro».

Sin aliento, Reed juró para sí. Cielos… aquello era lo más estúpido que había hecho en toda su vida. Casi se había abalanzado sobre Felicity. ¿Por qué?

¿Tan necesitado estaba? ¿O es que pretendía vengarse de Emma por haberlo convertido en el hazmerreír de la zona?

Apretó los dientes. Eso era lo que le fastidiaba. Eso era lo que realmente le fastidiaba.

De algún modo, siempre supo que faltaba algo en su relación con Emma. Ella era dulce y adorable; el tipo de mujer de la que cualquier hombre puede sentirse orgulloso de tener por esposa, pero para ser sincero consigo mismo, tenía que admitir que nunca habían saltado chispas entre ellos, lo cual no era algo bueno para su futuro.

De hecho, y no admitiría esto ante nadie, nunca habían llegado a tener una relación íntima. Emma se había negado, diciendo siempre que quería esperar al matrimonio, y Reed respetó sus sentimientos.

Por eso, cuando ella rompió su compromiso por

otro hombre, él se quedó más avergonzado que dolido, y fue entonces cuando empezó a preguntarse si su negativa al sexo tendría más que ver con la falta de deseo que con la voluntad de llegar virgen al matrimonio, como él cría.

Ahora ponía en cuestión todo lo relacionado con su relación, sobre todo su propia capacidad de juicio. Su ego estaba seriamente lastimado, y todo el mundo que lo rodeaba sabía que el motivo de la ruptura había empeorado mucho las cosas.

Aunque Reed procedía de una gran familia, era una persona muy callada con sus sentimientos, y por eso le hubiera gustado poder llevar su sufrimiento en silencio, pero no había podido ser de ese modo, y se sentía desnudo ante las miradas y consideraciones de la gente.

«Y estúpido, no te olvides de lo estúpido que te sientes».

–Hola, jefe. ¿Todo bien?

Reed sonrió con toda la normalidad que pudo.

–Sin novedad, Max. ¿Por qué?

Su ayudante arrugó el ceño.

–Acabo de ver salir a Felicity a toda velocidad de aquí. He pensado que tal vez hayáis discutido o algo así…

–No, hum… tenía una cita, creo.

Max asintió, pero su mirada guardó un aire curioso y Reed pensó si sospecharía lo que acababa de pasar allí.

–Y yo también tengo que hacer algunas cosas… –dijo Reed.

Reed salió de la cuadra, se puso las gafas de sol y vio alejarse el todoterreno plateado. Felicity se alejaba de allí todo lo aprisa que podía.

Pero… lo cierto era que ella no lo había apartado cuando él la besó. De hecho, había respondido con bastante entusiasmo. Sólo con recordar su respuesta, lo agradable que había sido sujetarla contra su cuerpo, volvía a excitarse.

Tal vez Felicity fuera lo que él necesitara en aquel momento. Si estuvieran juntos, los chismosos tendrían un tema nuevo del que hablar y dejarían de sentir lástima por él. La idea tenía cierto atractivo, pero al cabo de un rato la apartó de su mente. No podía utilizar a Felicity; no sería justo. Y más sabiendo, por lo que Emma le había dicho, lo mucho que Felicity había sufrido por la traición de su esposo.

Echó un vistazo al cheque que ella le había dado. Era la devolución del adelanto de veinte mil dólares que él le había dado cuando empezó a planear su boda con Emma. Un gesto generoso por su parte, pues no le devolverían nada del dineral que ya había pagado por la luna de miel que no hacían, ni del anillo que le había comprado y Emma le había devuelto a él.

Esperaba que Felicity no hubiera tenido problemas económicos por aquella cancelación… Y que hubiera restado del cheque los gastos en los que había podido incurrir durante los preparativos. Tenía que acordarse de preguntarle por ello.

Al entrar en la oficina, le sonrió a la hija de su hermano Daniel, Colleen.

–Han llamado Julianne Foster, el doctor Finnerty y la abuela –dijo la chica–. La abuela quiere saber si irás a cenar esta noche a casa.

–Gracias, cielo –Reed echó un vistazo a su reloj. Era la una pasada–. ¿No deberías haberte ido ya a casa? –Colleen lo ayudaba media jornada en el trabajo los meses de verano.

–Quería acabar la circular –dijo Colleen mientras Reed se dirigía a su despacho–. Después me marcharé.

Reed mandaba mensualmente una circular a todos sus clientes hablando de las novedades del Rosedale Farms. Sus caballos de pura raza gozaban de bastante prestigio y se vendían a precios muy altos, y en Rosedale se daba un servicio completo de cría, mantenimiento y doma. La finca constaba de seiscientos acres de suaves colinas y pastos en un lugar excepcional que era la envidia de otros criadores de caballos. Reed estaba orgulloso con motivos de la ganadería que llevaba el nombre de su abuela paterna, Rose Moran Kelly, que con su marido Aloysius había creado una ganadería de cría de caballos en su Irlanda natal, y él esperaba dejársela en herencia a sus hijos.

Hijos. Al paso que iba, nunca los tendría. Ojalá las cosas siguieran siendo como en el pasado, cuando buscar esposa era casi como una propuesta de negocio, pero claro, él no se conformaría con cualquiera. Tendría que ser una mujer lista, atractiva y agradable. Sin querer, pensó «alguien como Felicity».

Su rostro se torció en una mueca de desagrado. Como si Felicity pudiera estar interesada… había dejado claro a todo el que quisiera escucharla sus sentimientos hacia el matrimonio. Ya se había quemado una vez y no pensaba arriesgarse a que la situación se repitiera. Emma y él hablaban a menudo de la actitud de Felicity, porque a Emma le preocupaba de verdad su mejor amiga y deseaba su felicidad

—Me ha dicho —le había dicho Emma una vez—, que se va a dedicar a su carrera y sólo a eso. Cuando le he dicho que podría tener una carrera y un buen matrimonio, que sólo necesitaba al hombre adecuado, me dijo que se alegraba por mí porque pensara eso, pero que el matrimonio no era para ella.

Al recordar esa conversación, Reed decidió apartar a Felicity de sus pensamientos. Ella no podría ser candidata a ser la señora de Reed Kelly.

Decidido a apartar de su mente todo lo que no fuera trabajo, se sentó a la mesa y descolgó el teléfono para devolver las llamadas que Colleen le había pasado.

Felicity no podía dejar de pensar en lo que había pasado entre ella y Reed. Cielos, ¿en qué estaba pensando? ¿Cómo había podido permitir ese beso? ¿Y por qué, además de permitirlo, había respondido como una gata en celo?

«Ya lo sabes. Llevas mucho tiempo deseando a Reed».

Y ahora, él lo sabía, o al menos, y de eso estaba segura, lo sospechaba.

Demonios.

Se puso roja sólo de pensar en su comportamiento descontrolado, y no podía ni imaginarse lo que Reed estaría pensando. ¿Cómo iba a volver a mirarlo a la cara?

Y Max… Casi le pasa por encima cuando había salido corriendo de la cuadra. Podía imaginarse lo que debía estar pensando… Había murmurado una disculpa y había dicho algo de llegar con retraso a algún sitio sin mirarlo a la cara. «Oh, cielos…»

Seguía flagelándose mentalmente cuando llegó a su oficina, pero al entrar, decidió pensar que lo que había ocurrido no tenía importancia ninguna. Reed la había besado… ¿Y qué?

Rita Dixon, su diminuta ayudante, levantó la vista de su ordenador al verla y sus ojos brillaron con esa chispa de energía que hacía de ella tan valiosa trabajadora.

—¿Qué tal fue? ¿Ha accedido?

Felicity se quedó helada. Había olvidado por completo que su principal motivo para ir a Rosedale aquella mañana era, además de devolver su dinero a Reed, convencerlo de que permitiera que la sesión fotográfica de boda de Portia Newhouse se realizara en su finca. ¡Se le había olvidado preguntarle! Pensó con rapidez y dijo:

—No me ha dado una respuesta.

—Oh, vaya —dijo Rita—. Estaba segura de que podrías convencerlo. ¿Quieres que llame a Bo? Tal vez a él se le ocurra algo…

Bo Harrison era el fotógrafo de confianza de Felicity.

–No lo llames todavía. Reed aún no ha dado un no.

Rita se encogió de hombros.

–De acuerdo. Si alguien puede convencerlo, ésa eres tú.

Felicity se dijo a sí misma que no había mentido a Rita del todo al decir de forma implícita que Reed se estaba pensando la respuesta. La mente le daba vueltas mientras entraba en la Sala de Guerra, así llamada porque era donde se planeaba la estrategia de los grandes eventos.

¿Y ahora qué? Intentó no perder la calma, pero ya conocía la respuesta.

Tendría que superar su vergüenza y llamar a Reed. En ese preciso momento.

Capítulo Dos

Reed tenía el teléfono en la mano. Acababa de colgar a Jack Finnerty, que quería comprar una yegua, y estaba a punto de llamar a su madre para avisarla de que iría a cenar aquella noche, cuando sonó el teléfono.

Al mirar el identificador de llamada, vio *Bodas por Felicidad*. Dudó un momento antes de aceptar la llamada.

—Reed Kelly.

—¿Reed? Soy Felicity.

—Hola. Me alegro de que hayas llamado. Me has ganado… pensaba llamarte enseguida para darte las gracias por devolverme el dinero—¿pensaba ella decirle algo de lo que había pasado entre ellos?

—De nada.

—De hecho, me has dado demasiado. Debes haber tenido algún gasto relacionado con los preparativos de la boda que cancelamos.

—Mis gastos fueron de poca consideración. No me debes nada. Por otro lado, necesito que me hagas un favor —su voz sonaba firme y profesional.

Él se dio cuenta entonces de que ella no iba a mencionar lo que había ocurrido hacía un rato entre ellos. Bien, eso lo hacía todo más fácil, pues así los dos podrían hacer como si no hubiera ocurrido.

—¿Qué necesitas? —dijo él en tono semejante.

—Estoy trabajando en la boda de Portia Newhouse, y su madre se ha encaprichado de que la sesión fotográfica se realice en Rosedale. ¿Podrías pensarlo? Están dispuestos a pagar lo que les pidas.

En una situación similar, Reed habría rechazado la propuesta, pero estaba en deuda con Felicity y eso fomentaría su buena relación con los Newhouse.

—¿De qué estamos hablando exactamente? —preguntó—. No quiero a cientos de personas aquí, y desde luego, nada de cámaras ni de paparazzi.

—No, desde luego que no. Será sólo la familia más cercana, las damas de la novia y los acompañantes del novio, mi fotógrafo y su ayudante, mi asistente personal y yo.

Reed lo pensó un momento y dijo por fin.

—Suena correcto —hizo un cálculo rápido—. El coste será de cinco mil dólares. ¿Estarán dispuestos a pagarlo?

—Más que dispuestos, encantados. Gracias, Reed. Portia estará emocionada.

—¿Cuándo se celebrará la boda?

—Dentro de tres semanas. Hum… una cosa más. Bo, mi fotógrafo, y yo, tendríamos que pasar por allí lo antes posible para buscar los mejores lugares. ¿Hay algún problema?

—En absoluto. Podéis venir mañana mismo si queréis.

–Bien. Llamaré a Bo para ver cómo tiene la agenda. A mí me viene bien a las diez de la mañana. ¿Eso estaría bien para ti?

Reed miró su calendario. No tenía nada urgente apuntado para la mañana siguiente.

–Perfecto. Podemos encontrarnos en mi oficina.

Después de darle las gracias de nuevo, Felicity colgó.

Reed no llamó inmediatamente a su madre, sino que se quedó un momento saboreando su conversación con Felicity. Sabía que el crear buenas relaciones con los Newhouse no era el único motivo para aceptar la proposición de Felicity… Lo cierto era que, después de todas las veces que se había dicho que ella no era para él, quería volver a verla.

–La cena estaba estupenda, mamá.

–Gracias, cariño –Maeve Kelly sonrió a Shannon, una de las dos hermanas mayores de Reed–. No hay nada que me guste más que cocinar para mi familia.

Las cenas de los miércoles por la noche en casa de su madre eran un ritual para los Kelly. No todos podían asistir siempre; Shannon era enfermera y su marido, John, era abogado y siempre estaba muy ocupado. En igual situación estaban la otra hermana de Reed, Bridget, y su marido.

Si toda la familia de Reed asistiera a una cena, incluidos sus hermanos Daniel y Aidan, con sus esposas e hijo, serían treinta y tres. Esa noche sólo Reed,

Shannon y Daniel, los dos últimos con sus familias, habían podido asistir, y eran once a la mesa.

Normalmente Reed disfrutaba en aquellas reuniones; como todos estaban muy ocupados, se veían poco aunque todos vivían en Eastwick o en los alrededores, así que se esforzaba por asistir para verlos. Pero aquel día, deseó haber estado en cualquier otra parte, porque todo el mundo, en especial Shannon, lo miraban con lástima. Sabía que todos creían que estaba sufriendo por su ruptura con Emma, pero también sabía que si negaba su sufrimiento, pensarían que se estaba haciendo el fuerte.

Una vez más se dio cuenta de que lo mejor que podía hacer para detener todos aquellos chismes y miradas de compasión era empezar a salir con otra persona... y rápido.

«Felicity».

¡Otra vez! Por más que lo intentara, no podía sacarse a aquella chica, tan rubia y tan sexy, de la cabeza. Y tampoco podía dejar de recordar la última vez que la había visto. Mucha gente pensaba que Felicity se había echado a perder cuando se cortó el pelo después de su divorcio, pero a él le gustaba ese estilismo corto y de punta. Para él, ella era la más sexy de las Debs, el grupo de amigas con las que salía. Ellas eran más bien de tendencias conservadoras, mientras Felicity parecía una estrella de televisión.

Aquel día llevaba una horquilla brillante con forma de mariposa en el pelo, uno de sus vestidos de diseño, negro y corto, y unos zapatos con un tacón imposible. Desde luego, no hacía juego con el ambiente de unas cuadras, pero a él bien le hubiera gustado darle un revolcón en el montón de heno.

—¿Reed, estás bien?

Se volvió a Shannon, que lo miraba mientras sus hijas y los de Daniel recogían la mesa.

—Sí, ¿por qué?

Shannon, que tenía los ojos azules de los Kelly y el pelo oscuro, se encogió de hombros.

—Ya sabes… —bajó la voz, aunque nadie les prestaba atención.

Reed suspiró.

—Tranquila, estoy bien.

Ella pareció a punto de decir algo, pero se mordió el labio inferior. En su mirada se veía que estaba preocupada.

Reed le apretó la mano.

—Gracias por preocuparte por mí, Shannon, pero de verdad que estoy bien. De hecho, estoy aliviado.

—Bueno, la verdad es que el asunto es de lo más desagradable. ¿Qué le pasa a esa mujer?

—A Emma no le pasa nada. Ella ha sido más honesta que yo y esta ruptura es sólo para mejor.

—No puedes decir eso en serio. Hoy estás como ausente…

Él sacudió la cabeza.

—No, lo digo de verdad. Siempre sentí que faltaba algo entre nosotros, pero nunca quise enfrentarme a ello. Me alegro de que Emma lo hiciera.

Shannon sonrió entonces, y de verdad.

–¿Sabes? Nunca pensé que ella fuera el tipo de chica adecuada para ti.

Reed no pudo evitar sonreír. La lealtad de su hermana lo reconfortó. Siempre podría contar con su familia.

–¿Qué pasa ahí? –preguntó Daniel.

–¿Quién quiere saberlo? –bromeó Shannon, sonriendo a Reed

Después de algunos comentarios graciosos más, la mujer de Daniel, Anna Lisa, se giró a Shannon para decirle:

–¿A que no sabes a quién he visto salir de la tienda de Goldman esta tarde?

–Ni idea –respondió Shannon.

–A Alex Newhouse.

–¿De verdad?

Era raro ver a Alex Newhouse en Eastwick, porque aunque estuviera en casa descansando entre rodajes, solía encerrarse en su finca vallada, sobre todo en la temporada más turística.

–Sí, tenías que haber visto a los turistas mirándolo –Anna Lisa rió–. Y desde luego, yo también miré. ¡Dios, ese hombre es guapísimo! Esos ojos… –suspiró–. ¿Sabes que Felicity Farnsworth se ocupará de la boda de su hija?

–Eso he oído –asintió Shannon.

–¿No te morirías porque te invitaran?

–Yo desde luego que sí –apuntó la madre de Reed–. Estoy enamorada de Alex Newhouse desde el primer día que lo vi en una película.

—Tiene bastante magnetismo —admitió Shannon.

Reed se preguntó si debería decir que las fotos de la boda se tomarían en Rosedale... sería mejor que no; la familia Newhouse no querría audiencia en una sesión de fotos que les costaría cinco mil dólares.

—Felicity ha sabido buscarse bien la vida, ¿no os parece? —comentó Anna Lisa.

—Desde luego, por sorprendente que parezca —repuso Shannon.

Daniel contuvo un bostezo, aburrido con tanta charla sobre bodas.

—Reed, ¿vamos a ver el final de partido?

Lo que Reed quería hacer era quedarse y oír todo lo que las mujeres tenían que decir sobre Felicity, pero no se le ocurría un modo de hacerlo, así que, sin ganas, se levantó.

—¿Por qué te parece sorprendente? —preguntó Anna Lisa.

«Eso», pensó Reed, agachándose y haciendo como si le pasara algo en el zapato.

—Oh, bueno —dijo Shannon—. Nació con todo dado. Es sólo que no pensaba que tuviera esa determinación.

—Yo la veo como una trabajadora sin medida una vez que se decide por algo —dijo Anna Lisa—. Además, me parece que fue muy valiente al afrontar un divorcio tan terrible y hacer algo con su vida después.

—Es una pena que no tenga mejor gusto para sus amistades —dijo la madre de Reed, mirando a su hijo con los ojos ensombrecidos.

Reed supo que ése era el momento de marcharse.

Pero aún después de estar sentado con su hermano frente a la enorme televisión que su padre compró cuatro meses antes de sufrir un fatal ataque al corazón, Reed no podía concentrarse en el partido de los Red Sox. Sólo tenía cerebro para Felicity, la mejor amiga de su ex prometida. Y cuanto más pensaba en ella, más ganas tenía de continuar con lo que había empezado aquel día.

«¡Maldición!»

¿Por qué no podía apartar a aquella mujer de su mente? Tal vez el subconsciente intentara decirle algo. Tal vez, en lugar de intentar olvidarse de Felicity, lo que debiera hacer era intentar llevársela a la cama, porque estaba claro que no podría seguir con su vida hasta que lo hubiera hecho.

Cuando Felicity llegó a su oficina el martes por la mañana, no se sorprendió al ver a Bo Harrison esperándola. Bo, con el pelo rubio platino, pendientes de diamante y de negro, como siempre, tenía aspecto de un artista, que era exactamente lo que era. Sus fotografías eran obras de arte, y siempre estaba muy demandado a pesar de su elevada tarifa.

–Buenos días –le dijo.

–Buenos días, Bo.

–¿Lista?

–En cuanto me tome un café –apenas había dicho esto cuando Rita salió de la cocinita con una taza en la mano. Felicity sonrió–. Gracias, Rita, eres estupenda.

Aquel día, su ayudante llevaba un vestido amarillo con unos zapatos de tacón a juego, con la punta abierta. Ella también era una adicta a los zapatos pero, a diferencia de Felicity, que los compraba en tiendas caras, ella los compraba en rebajas.

–Estás muy guapa –le dijo Felicity.

–Y tú –respondió ella, mirando el vestido multicolor de Felicity, tan diferente de su atuendo de todos los días, siempre en beige o negro, colores que nunca quitarían importancia a las novias o a los invitados a las fiestas.

–Gracias –dijo Felicity–. Tengo comida con las Debs en el club más tarde.

–Lo he visto en tu agenda –dijo Rita–. ¿A qué hora estarás de vuelta?

–Probablemente hasta las tres no llegaré. ¿Por qué? ¿Me he olvidado de algo?

–No –sonrió Rita–. Es sólo para tenerte controlada.

–Si cambio de plantes, te llamaré, o si pasa algo, llámame tú al móvil.

–De acuerdo. Pasadlo bien.

Cinco minutos más tarde, Bo y Felicity estaban de camino a Rosedale, cada uno en su coche pues ella pensaba ir directamente desde allí al club a comer.

Al acercarse a la finca, Felicity notó que su corazón latía con más rapidez. Aunque había hablado con Reed después del beso por teléfono, y los dos habían actuado como si no hubiera ocurrido, sería distinto verlo en persona: encontrarse con su mirada, recordar cómo él había respondido ante ella, y ella ante él. Pero por incómoda que fuera la situación, Felicity estaba dispuesta a actuar con su eficiencia y profesionalidad habituales.

Lo último que quería era que Reed pensara que aquel beso había sido importante para ella o que le daba algún significado. Sería mejor que él pensara que su comportamiento del día anterior había sido un lapsus momentáneo.

Reed estaba en el exterior del edificio cuando Felicity y Bo llegaron. Ambos aparcaron y caminaron hacia él para saludarlo.

—Buenos días —dijo Felicity con cierta frialdad.

—Buenos días —respondió él.

Hum, desde luego, estaba muy guapo. Llevaba de nuevo pantalones de montar ajustados, pero ese día se había puesto una camisa azul del mismo tono que sus ojos.

Felicity sintió que se le encogía el corazón cuando la miró. Le fue necesaria toda su determinación para no apartar la mirada y decir, con tono equilibrado:

—Reed, él es mi fotógrafo, Bo Harrison. Bo, Reed Kelly, el propietario de Rosedale.

—Bo —dijo Reed, extendiendo la mano—. Un placer.

—Gracias, señor Kelly. Le agradezco la oportunidad de trabajar aquí.

Reed sonrió.

–¿Por dónde queréis empezar?

–Tal vez lo mejor sería que nos acompañaras a dar una vuelta –sugirió Felicity–. Así Bo podrá hacerse una idea de cómo es esto.

Reed la miró con cara dubitativa.

–¿Piensas andar por aquí con esos zapatos?

–¿Con mis preciosos Blahniks? ¿Estás loco? –Felicity sonrió. Había tenido que buscar mucho para encontrar el complemento perfecto para su vestido turquesa, violeta y dorado–. He traído otros.

Sacó de su bolsa unas deportivas y se las cambió por las doradas sandalias que llevaba.

Reed les mostró cada zona de la finca y la función que desempeñaba. Felicity estaba encantada con su idea del paseo, pues hacía un día magnífico. Además, la finca era preciosa, mucho más de lo que Felicity había imaginado por las descripciones de Emma.

A decir verdad, Emma no solía hablar de Reed en el tiempo que estuvieron prometidos más que para decir si habían hecho una cosa u otra. Esa omisión debía haber sido la primera pista para Felicity de que las cosas no iban bien entre ellos.

¿Habría notado Reed que Emma no estaba bien? Desde luego, ella llevaba así un tiempo antes de romper, aunque no se lo hubiera dicho de forma explícita a Felicity. Preguntándose cuánto tardaría Reed en superar lo de Emma, Felicity lo miró por el rabillo del ojo.

Y entonces vio que él la miraba con una expresión de lo más extraña en la cara.

Sorprendida de encontrarse con su mirada, se puso roja y apartó la vista pretendiendo un sincero interés en la enfermería para los animales que él les señalaba.

¿En qué estaría pensando Reed? Felicity tragó saliva. Demonios, ojalá hubiera sido capaz de contener sus instintos el día anterior.

Durante el resto del recorrido, ella evitó la mirada de Reed. Él la ponía nerviosa, y no le gustaba la sensación, aunque él sí que le gustara mucho más de lo que le convenía.

Advirtiéndose a sí misma que cualquier relación con Reed que no fuera por asuntos de negocios le complicaría la vida, Felicity dio las gracias en silencio por haber acabado con aquello. Se despidió de Bo y de Reed, y se marchó de Rosedale sin mirar atrás.

Reed vio a Bo y a Felicity salir de la finca desde la entrada de la oficina. Aquella mañana se le había ocurrido una idea que, a simple vista, era una barbaridad. Pero... ¿era realmente para tanto?

No hacía falta ser un genio para ver que Felicity se sentía tan atraída por él como él por ella; el hecho de que apartara la mirada de él siempre que él la miraba a ella, o bueno, casi siempre, era una pista importante.

¿Y qué si ella no estaba interesada en el matrimonio y él sí? Lo único que él quería en aquel momento era algo nuevo. Una relación corta, que los dejara a los dos satisfechos y que fuera divertida.

Sexo sin ataduras.

Sonrió.

«Sexo sin ataduras». Los dos tendrían lo que querían sin tener que preocuparse por lazos o sentimientos heridos después.

Si le presentaba a ella el plan en esas condiciones, tal vez dijera que sí.

Capítulo Tres

Felicity fue directamente al baño cuando llegó al club de campo. Se sentía muy acalorada después del paseo por Rosedale, o tal vez fuera por la atracción imposible de negar que sentía hacia Reed.

Cielos, qué sexy era…

Sólo con mirarlo ya notaba que le temblaban las rodillas.

Bueno, independientemente de cuál hubiera sido la causa de su acaloramiento, tenía que recomponerse antes de enfrentarse a las Debs. Algunas de ellas era muy perceptivas.

Ninguna de ellas tenía por qué saber de dónde venía, ni Felicity quería que lo supieran, porque lo último de lo que quería hablar delante de Emma o de cualquier otra persona, era de Reed.

Después de retocarse el maquillaje y colocarse la horquilla con forma de mariposa que llevaba en el pelo, Felicity se sintió lista para hacer su aparición.

Pasó junto a la barra de la Sala Esmeralda y saludó a Harry, el camarero, de camino a la mesa que siempre ocupaban las Debs.

Dos de ellas ya habían llegado: Emma, que llevaba un vestido corto azul que hacía juego con sus ojos violetas y su pelo negrísimo, y Lily Miller Cartwright, embarazada de ocho meses y radiante con un vestido amarillo que se ajustaba a su vientre.

Felicity aprovechó el momento en que sus amigas aún no habían notado su presencia para estudiar sus rostros y no pudo evitar una punzada de envidia por la felicidad que irradiaban por estar enamoradas y saberse correspondidas.

«Pero yo no quiero casarme. No quiero ni una relación larga. ¿Por qué envidio entonces que hayan encontrado a su alma gemela?»

–¡Felicity! –llamó Lily en ese momento, sonriendo.

–Hola, Fee –saludó Emma en tono más bajo.

Mientras Felicity se agachaba para besar a sus amigas, se preguntó el motivo del saludo algo más frío de Emma. ¿Es que sospechaba dónde había estado Felicity aquella mañana? ¿O sus sentimientos hacia Reed? ¿Estaría pensando que ya sentía lo mismo cuando ella estaba prometida con él?

«Oh, no seas idiota. ¿Cómo va a sospechar nada? Es sólo la mala conciencia».

Además, aunque Emma sospechara algo, ya no tenía por qué importarle. Ella había rechazado a Reed por Garrett, y a Felicity no le interesaba para nada Garrett Keating, pero a pesar de todo, se sentía incómoda con la situación. Después lo de Sam no podía soportar la traición de ningún tipo, aunque ésta fuera por omisión y no por una mentira directa.

Intentando tranquilizarse, Felicity se sentó junto a Emma y le pidió al camarero una copa de Rieslin antes de unirse a la conversación sobre la fiesta que le iban a dar a Lily antes de que diera a luz.

—Será en casa de la prima de Jack, Jennifer —decía Lily alegremente mientras se colocaba un mechón de pelo bajo la diadema amarilla. Con sus ojos azules y aquellos colores tan vivos, era la viva imagen de un cuadro de Botticelli.

—Espero que nos invites a todas —comentó Felicity sonriente.

Lily la miró incrédula.

—¡Claro que sí! ¿Cómo no iba a querer que todas las Debs estuvierais allí?

En ese momento llegaron Vanessa Torpe y Abby Talbot, las que faltaban por llegar de las amigas que habían confirmado su asistencia a la comida. Las dos iban impecablemente vestidas: Vanessa iba del mismo verde de sus ojos, y Abby, de blanco, color que resaltaba su bronceado y su pelo rubio. Hacía mucho tiempo que Felicity no la veía, desde el funeral de su madre a principios de verano, y se preguntaba cómo le iría.

Después de un montón de besos y abrazos, las recién llegadas tomaron asiento y pidieron unas copas de vino. Después de una rápida ojeada al menú, pues se lo conocían casi de memoria, la mayoría pidieron ensaladas, pollo o pescado. Sólo Lily, aludiendo que le daba igual, pidió pasta.

—Cuando nazca el niño, tendré que volver a cuidar mi dieta, pero por ahora, mejor será que aproveche —rió.

—Conociéndote, volverás a tu talla cuando el niño cumpla un mes —dijo Vanessa.

—Lo dudo mucho… con todo lo que he engordado…

—¡Pero si estás embarazada! ¿Cómo no vas a engordar?

Felicity se reclinó en su asiento y disfrutó de la charla. Le encantaba reunirse con las Debs; todas ellas eran mujeres de rompe y rasga, que se habían portado como leales amigas cuando necesitó apoyo tras su ruptura con Sam.

Hasta Abby mantuvo su lealtad, aunque su madre se lo pasara estupendamente escribiendo sobre la traición de Sam y la pérdida de la herencia de Felicity. Felicity se preguntaba muy a menudo cómo madre e hija podían ser tan distintas, puesto que a Abby no le gustaban los cotilleos. Tal vez acabó harta de ellos viviendo con una madre como Bunny.

Después de pedir, la conversación se centró en la relación de Emma con Garrett, o más bien, en su ruptura con Reed.

—¿Cómo se lo está tomando Reed? —preguntó Vanessa.

Emma se encogió de hombros.

—No lo he visto ni he hablado con él desde que rompí el compromiso —les confesó.

—Pobre Reed —dijo Vanessa—. Probablemente estará destrozado.

—Espero que no… —Emma se mordió el labio inferior.

Emma era una persona sensible, y Felicity sabía que su preocupación por Reed era real.

–¿Alguna de vosotras lo ha visto? –preguntó Emma.

La pregunta dejó inquieta a Felicity. No quería decir que lo había visto porque temía que al hablar de él se revelaran sus sentimientos, pero no quería mentir a Emma.

–Chicas, tengo que ir al baño –dijo, levantándose–. No habléis de mí mientras no esté presente para defenderme.

Todas echaron a reír.

Dejaría pasar el tiempo suficiente para que la conversación derivara hacia otros temas antes de volver. Por desgracia, cuando entró al baño, Felicity estuvo a punto de darse la vuelta porque frente al espejo estaba una de las personas de las que peor concepto tenía. Delia Forrester.

–¡Felicity! ¡Hace siglos que no nos vemos! –exclamó Delia.

Por alguna extraña razón, aquella mujer parecía pensar que Felicity era una amiga íntima.

–Hola, Delia –aunque la detestaba, tampoco quería tener un encontronazo con ella–. ¿Qué tal?

–Estoy estupendamente –dijo ella, acariciándose el pelo color platino, perfectamente peinado.

¿Por qué a la gente le gustaba tanto el pelo rubio platino? ¿Es que no se daban cuenta de que cuando era teñido quedaba fatal? Felicity se miró en el espejo y observó con satisfacción su rubio natural.

–¿Y tú, querida? Supongo que estarás muy liada... con la boda de los Townsend, la de los Newhouse y la anulación de la de Emma... por no hablar de todos las asociaciones de voluntariado en las que participas...

Lo último que dijo fue bastante chocante, pues Delia no participaba en ninguna de las actividades de voluntariado con las que estaban comprometidas las Debs. Felicity se preguntó si sería porque el resto de las mujeres no se interesaban por sus cotilleos.

–Me las apaño bien –dijo Felicity, sin querer entrar en detalles. Se puso un poco de brillo de labios que sacó del bolso.

Pero Delia no era lo suficientemente despierta como para pillar la indirecta.

–Me dejó de piedra que Emma, que se supone que es tu amiga, te hiciera algo así.

Felicity arrugó el ceño.

–Creo que no sé a qué te refieres –dijo, guardando el brillo de labios en su bolso de nuevo.

–Oh, vamos, Felicity... Canceló la boda sin más, y si lo hizo es porque no le importa el daño que pueda hacer a los demás. De verdad que me parece terrible que te haga perder dinero de ese modo, pero es típico de tus amigas, ¿no? Todas son ricas, así que no pueden entender lo que es la vida para ti.

–Delia, no tienes ni idea de lo que estás diciendo –le espetó Felicity; ya le daba igual si se enfrentaba o no a aquella estúpida mujer–. Emma no haría daño conscientemente ni a una mosca, y mucho menos a mí. Su ruptura con Reed Kelly no tuvo nada que ver conmigo, y yo no hubiera querido que se casara con él si no lo amaba. Y a lo que respecta a la riqueza de mis amigas... a Lily nadie le ha dado nada. Siempre ha trabajado, igual que Abby, que es una ejecutiva. De hecho, todas trabajan: Emma tiene una galería de arte y Vanessa... –bajó la voz. ¿Por qué se molestaba en darle explicaciones?–. Déjalo. No voy a perder tiempo hablando de esto contigo.

Y con esas palabras, Felicity se dio la vuelta y se marchó. Intentó calmarse, pero cuando llegó a la mesa aún tenía la cara descompuesta por el disgusto.

–¿Qué pasa? –preguntó Emma.

–Delia Forrester –explicó Felicity sacudiendo la cabeza.

Todas suspiraron y estuvieron de acuerdo con ella.

–¿Sabéis? –comentó Abby–. De verdad me gustaría saber a qué se dedicaba esa mujer antes de casarse con Frank. Mi madre intentó enterarse, pero por lo que yo sé, no lo consiguió.

–Oh, yo sí lo sé –declaró Felicity para asombro de sus amigas–. Se dedicaba a remover sus pociones de ojos de sapo y colas de ratón.

Todas se quedaron en silencio un momento antes de echarse a reír.

–Qué mala eres –dijo Emma sin poder contener la risa.

–Yo soy mala, pero ella es una bruja –apuntó Felicity.

—O algo peor aún –corrigió Vanessa.

—Eso también –admitió Felicity.

Todas callaron cuando el camarero les trajo la comida, y después cambiaron de tema. Mientras daban buena cuenta de sus platos, charlaron sobre las cartas de chantaje que habían recibido el marido de Lily y la hermana de Garrett. Abby estaba convencida de que aquellos intentos de extorsión y el robo de los diarios de su madre estaban relacionados, y Felicity pensaba que tenía razón, aunque eso significara que la otra teoría de Abby, la que decía que su madre habría sido asesinada, también podía ser verdad. Felicity se estremeció al pensarlo. Un asesinato sonaba horrible, pero Bunny desde luego se había creado muchas enemistades entre la gente sobre cuyas vidas y secretos había escrito.

Cuando agotaron ese tema, la conversación giró hacia la interminable lucha de Vanessa con la familia de su marido fallecido por su testamento.

Emma, mucho más abierta a la hora de mostrar sus sentimientos que Felicity, le tomó la mano a Vanessa.

—Siento que tengas que pasar por todo esto, Van.

En momentos como aquél, Felicity no podía evitar recordar cómo la familia de Sam, a la que ella adoraba, se habían vuelto en contra de ella después del divorcio. Ella también le tomó la mano a Vanessa.

—Piensa que todo esto se acabará en algún momento.

—Gracias –dijo Vanessa con una sonrisa–. Gracias

a todas –y levantó su vaso de agua a modo de brindis–. Por las amigas.

Todas brindaron y buscaron un tema de conversación más ligero. Sin que ella se diera cuenta, llegó la hora de marcharse para Felicity.

Emma salió con ella del restaurante, y al llegar al aparcamiento, le preguntó:

–¿Va todo bien? –parecía preocupada–. ¿Estás enfadada conmigo por algún motivo?

–¿Por qué dices eso? –Felicity deseó poder confiar sus sentimientos a Emma, pero era imposible–. Por supuesto que no.

–Siempre te ha caído muy bien Reed. Tal vez pienses que me porté mal con él.

Felicity suspiró.

–Emma, creo que has hecho lo correcto. De hecho, te admiro por haber tenido el valor de decirle la verdad –le sonrió–. Y me alegro por Garrett y por ti.

–¿Lo dices en serio?

–Desde luego.

Emma suspiró aliviada.

–Me alegro. Hubiera sido muy duro para mí que esto afectara a nuestra amistad –dudó un segundo y añadió–. Tu amistad es muy importante para mí, lo sabes, ¿verdad?

–Claro que sí. También lo es para mí.

Se sonrieron y se abrazaron antes de despedirse con la promesa de llamarse pronto.

De camino a casa, Felicity se dijo a sí misma que no volvería a hacer nada que no le pudiera contar a Emma. Su amistad con ella era demasiado importante como para arriesgarla, y aunque Emma hubiera roto con Reed, podía sentirse traicionada si Felicity empezaba a salir con él. Tal vez incluso pensara que ella había estado esperando la oportunidad para saltar sobre él.

«No puedo dejar que ocurra algo así. No puedo arriesgar mi amistad con Emma».

Así que, a pesar de lamentarlo, Felicity supo que tenía que apartar a Reed Kelly de su mente para siempre.

–¡Hey, Reed! ¡Espera!

Reed, que estaba a punto de entrar en la ferretería de Eastwick, se giró al oír la voz de su abogado y amigo Jack Cartwright.

–Hola, Jack. ¿Qué tal te va?

Jack sonrió.

–Genial, ¿y a ti?

–Igual.

–No, en serio…

«Maldición». En su rostro se dibujaba la expresión de lástima que Reed tanto odiaba.

–Demonios, Jack –dijo, irritado–. Estoy bien. Ojalá todo el mundo dejara de preguntarme lo mismo.

Como Jack era un buen amigo, no se tomó a mal la dura respuesta de Reed. En vez de eso, lo agarró del brazo y dijo:

–Lo siento, chico. Yo sólo quería… Bueno, ya sabes.

–Sí, ya lo sé –suspiró Reed, decidido a cambiar

de tema–. ¿Qué tal Lily? Debe estar a punto de salir de cuentas.

La expresión de Jack se dulcificó.

–Aún le quedan un par de meses.

Reed no pudo evitar una punzada de envidia. Jack no sólo estaba casado con una mujer preciosa de la que estaba muy enamorado, sino que ella iba a darle un hijo.

Charlaron un rato hasta que Jack dijo que había quedado a las tres y que tenía que marcharse enseguida si quería llegar a tiempo. Quedaron en verse pronto, y Reed entró en la tienda. Tomó lo que necesitaba y mientras Mae Burrows, la esposa del dueño, le cobraba, le dijo:

–Reed, sólo quería decirte que siento mucho tu ruptura con Emma.

Él intentó mantener la calma.

–Gracias, Mae, pero ha sido lo mejor.

–Eso puede ser –dijo la mujer–, pero aun así, debe ser duro.

–Es mejor a que te arranquen las uñas una a una –al ver la expresión de la mujer, echó a reír–. Estoy de broma, Mae –le apretó la mano–. Lo digo en serio; aprecio tu preocupación, pero nuestra ruptura ha sido lo mejor que nos ha podido pasar a los dos –recogió sus compras y salió de la tienda antes de que ella pudiera decir nada más.

Pero los comentarios de Mae y los de Jack sólo vinieron a reforzar la idea que él había estado dando vueltas en la cabeza durante las últimas veinticuatro horas.

–Esta gente necesita algo nuevo de lo que hablar –murmuró–. Y creo que sé exactamente qué es lo que necesitan.

Por eso, en lugar de volver a Rosedale directamente, caminó hasta la agencia de viajes de Georgia Lang. Tuvo suerte: Georgia estaba allí y no tenía ningún cliente en aquel momento.

La mujer lo saludó mirando por encima de las gafas cuando él entró en la agencia.

–Hola, Reed.

Reed se dio cuenta de que a ella le preocupaba que fuera a pedirle que le devolviera el dinero que había pagado por la luna de miel.

–Hola, Georgia. Quería que me hicieras un favor. El viaje que te pagué… me gustaría cambiar la reserva para la semana que viene.

Ella parpadeó.

–¿Al final sí os vais a casar?

–No.

–Oh.

Ella no siguió preguntándole, aunque estaba claro que se moría de curiosidad.

Tardó un cuarto de hora en cambiar la reserva en el complejo de vacaciones de Cozumel para que su llegada coincidiera con el lunes siguiente.

–¿Y el billete de avión? –le preguntó ella–. ¿Quieres que vea si puedo conseguir que te devuelvan el dinero? O al menos, que te lo guarden para otra ocasión…

–No, necesito los dos billetes –dijo él.

Nuevamente su mirada se llenó de curiosidad y

Reed supo que se moría por saber con quién se iría de viaje la semana siguiente. Pero él no estaba dispuesto a decirle nada, y ella tenía la discreción necesaria para no preguntar.

Cuando salió de la agencia con los billetes en la mano, empezó a silbar.

Capítulo Cuatro

Felicity suspiró mientras se frotaba el puente de la nariz. Estaba cansada. Había sido un día largo y frustrante. Estaba harta de Madeline Newhouse y sus constantes protestas y peticiones, y aún faltaban tres semanas para la boda. Estuvo a punto de perder el control con ella y de pedirle que dejara de acosarla, pero se contuvo a tiempo, lo cual no la tranquilizó del todo. Nunca había perdido la calma con un cliente.

«Estoy tan cansada… ojalá…»

Pero Felicity no sabía ni qué quería. Suspirando, encendió su portátil para mirar su buzón de correo electrónico. Acababa de enviar un mensaje a uno de sus proveedores cuando vio por el rabillo del ojo que un Dodge rojo aparcaba frente a su puerta.

Felicity frunció el ceño preguntándose quién sería. Entonces se dio cuenta… ¡era el coche de Reed!

¿Qué estaba haciendo él allí? Su cansancio se desvaneció. Sacó su polvera y comprobó que su pelo y su maquillaje eran correctos. Se colocó la horquilla en forma de mariposa de aquel día, hecha con perlas de río, y esperó a que él apareciera.

El corazón le dio uno de esos vuelcos extraños cuando él entró.

—Hola, Reed —dijo con toda la frialdad que pudo, aunque el verlo tuvo un impacto sobre su libido que seguro tenía algo de ilegal.

—Hola —saludó él con una enorme sonrisa.

—¿Qué te trae por aquí? —¿por qué tenía que ser tan atractivo? Incluso vestido como iba, con botas, vaqueros gastados y una camiseta roja, estaba para comérselo—. No habrás cambiado de idea en lo referente a las fotos de los Newhouse, ¿verdad?

—No, nada de eso.

—Menos mal —suspiró ella—. No creo que pudiera soportar el tener que decirle a Madeline Newhouse eso.

—¿Te lo está haciendo pasar mal?

—Pues sí. Esa mujer es un tormento de primera clase.

—Puedes llamarla pesada si quieres —dijo él con una sonrisa—. Ya había oído la palabra antes.

—¿Y a pesar de todo me respetarías por la mañana? —bromeó ella.

Los dos echaron a reír y él se sentó en el borde de su escritorio. La miró a los ojos y su sonrisa se transformó… su expresión hizo que Felicity se quedara sin aliento. El momento duró y duró.

Ella sintió que tenía que hacer algo, así que tomó un clip y lo retorció.

—¿Qué? —dijo ella, incómoda por su mirada. Menos mal que Rita no estaba, porque si hubiera visto lo nerviosa que estaba, habría sabido de inmediato lo que pasaba. Con el nivel de hormonas que había reunido en la sala, no habría sido difícil.

–Tengo una idea –dijo Reed en un tono bajo y sexy. Sus ojos eran dos profundos pozos azules.

Cielos… qué mujer no desearía ahogarse en esos ojos…

–¿Oh? –Felicity bajó las manos a su regazo al notar que le empezaban a temblar.

–Sabes que reservé una semana en Cozumel para la luna de miel.

–Hum. Sí, Emma me lo mencionó –cielos, parecía idiota…

–Y no me devuelven el dinero.

Felicity no sabía qué decir, así que no dijo nada.

–Puesto que ya lo he pagado, me iré a Cozumel el lunes por la mañana.

Ahora sí que no sabía qué decir. ¿Qué pretendía que dijera?

–Tendrías que ver los catálogos, Felicity. He reservado una suite en el Gran Hotel, de cinco estrellas. Está en la playa de San Francisco, y se puede ir en barco al arrecife de Palancar.

–No, creo que no.

–Es un lugar excepcional para bucear y hacer snorkel, me han dicho. Es precioso

–Hum… pues espero que lo pases bien –ella tragó saliva. Algo en su modo de hablar la estaba poniendo muy nerviosa.

–Me lo pasaría mucho mejor si alguien viniera conmigo –le dijo él en voz baja.

Felicity sintió una dolorosa punzada en el corazón. Se humedeció los labios, incapaz de apartar la mirada.

–¿Qué te parece, Felicity?

–¿Qué me parece el qué?

–Ya lo sabes.

Ella sacudió la cabeza.

–No, no lo sé.

Él se inclinó y le susurró al oído:

–Ven conmigo.

Por un momento, no se oyó nada más en la oficina que el tic-tac del reloj de pared y el suave zumbido del ordenador de Felicity.

Felicity abrió la boca para decir algo, pero no pudo. Por fin logró recomponerse.

–Reed, eso es ridículo. No puedo ir contigo.

–¿Por qué no?

–Pues… pues porque no. Es imposible.

–¿Por qué?

–Bueno, el motivo número uno es que tengo que trabajar.

–¿Hace cuánto tiempo que no te tomas vacaciones?

–Eso no tiene nada que ver.

–No, pero, ¿es que no te mereces unas vacaciones?

–Reed… sé razonable. Aunque quisiera, ¿cómo iba a ir? ¿No te parece que las chismosas de Eastwick se volverían locas de contento si lo supieran?

–¿Y qué? –Reed se encogió de hombros.

–¿Cómo que y qué? Pues que tengo una reputación…

–Oh, vamos, Felicity. A ti te da igual lo que piensen de ti los demás.

Eso era cierto. Desde que Sam salió de su vida, ella había hecho exactamente lo que había querido cuando había querido, sin importarle la opinión de nadie. Pero aquello era una locura. No podía dejarlo todo y marcharse con Reed. ¿Y por qué él quería ir con ella? ¿Era algún plan extraño para recuperar a Emma? ¿A su mejor amiga, Emma?

Mientras ella le daba vueltas a la cabeza, él se levantó y rodeó el escritorio. La tomó de las manos e hizo que se levantara. Antes de que ella hubiera podido pensar en resistirse, él la atrajo hacia sí y la besó lentamente.

Felicity se derritió contra él. Perdió toda capacidad de resistencia. Cada célula de su cuerpo estaba ardiendo y ella era incapaz de pensar en que alguien podía entrar en cualquier momento. Lo único que sabía era que ese hombre disparaba algo dentro de ella, algo que nunca se había creído capaz de sentir.

Cuando él la dejó por fin respirar, su voz sonó grave y seductora.

–Ven conmigo. Sin ataduras. Sólo sol, diversión y nosotros dos –le sonrió seductor–. ¿Qué dices?

Una semana en México con Reed. Sonaba como el paraíso. «Y sin ataduras».

–Yo…

Él le puso un dedo sobre los labios.

–No te arrepentirás.

Ella sacudió la cabeza.

–Vamos, Felicity. No digas que no.

–Tengo que hacerlo –exclamó ella–. Lo que me propones… es una locura –se apartó de él mientras intentaba calmar su acelerado corazón y poner orden en su cerebro–. No puedo ir contigo, Reed –dijo con voz más fuerte. Levantó la vista y lo miró a los ojos–. Gracias por la invitación, pero tengo que decir que no.

Su sonrisa desapareció. Reed se encogió de hombros.

–Bueno, yo lo he intentado.

Ella sabía que no tenía ningún sentido, pero se sintió muy decepcionada.

«¿Qué? ¿Acaso pensabas que él te iba a suplicar que fueras con él?»

Él se dirigió a la puerta, pero se detuvo y volvió para dejar algo sobre su mesa.

–Por si cambias de idea –le dijo.

Y se marchó.

Felicity no tomó el sobre que le había dejado hasta que su coche desapareció de la acera. Al abrirlo vio que se trataba de un billete de avión en primera clase para el siguiente lunes. El corazón se le aceleró mientras lo miraba.

Una semana en México.

Con Reed.

«No puede ser. Es una locura incluso el pensar en ello».

Con Reed.

Sol, diversión. Sexo.

Con Reed.

Sin ataduras. Lo había dicho él.

Se humedeció los labios y se imaginó con él en la playa. Besándose. Se lo imaginó quitándole la parte de arriba del biquini.

Oh…

Felicity sacudió la cabeza. ¿En qué estaba pensando? No, no, no. Aquello era una locura. Imposible. Aunque no le importara lo que pensara la gente de ella, sí que le importaba lo que pensara Emma. Y el resto de las Debs.

Sacudió la cabeza.

«No voy y ya está decidido».

Empezó a romper el billete y se detuvo. Sería una pena romperlo. Tal vez pudieran devolverle el dinero. Debería enviárselo por correo, con una nota. Una nota amable.

«Gracias por una invitación tan especial, pero sé que entenderás por qué no puedo ir. Espero que te lo pases muy bien, Felicity».

Sí, eso haría.

Acababa de levantarse para ir a buscar un sobre, cuando se abrió la puerta de la calle.

—¡Qué calor hace! —exclamó Rita, enjugándose la cara con un pañuelo de papel. Dejó el enorme catálogo que se había llevado para mostrárselo a un cliente sobre la mesa y se volvió a su jefa—. Qué ganas tengo de que se acabe el verano.

—Ya somos dos —murmuró Felicity.

Rita la miró con curiosidad.

—¿Qué pasa?

—Nada —Felicity se encogió de hombros—. Estoy agotada.

–Bueno, no me extraña. ¿Cuándo te fuiste de vacaciones por última vez?

Lo mismo que le había dicho Reed.

–No lo sé.

–Yo sí. Hace dos años.

Felicity se mordió el labio inferior. Se sentía a punto de echarse a llorar. ¿Qué le estaba pasando?

–Felicity –Rita le agarró un brazo–. ¿Estás bien? ¿Ha pasado algo? ¿Ha vuelto a llamar esa horrible mujer, la señora Newhouse?

Felicity tragó saliva. La tentación de contárselo a Rita era demasiado fuerte. En gran medida, Rita había hecho las veces de la madre que Felicity nunca tuvo. Si lo que Reed le había propuesto llegaba a oídos de Emma…

A Felicity le disgustaba profundamente el hecho de no poder hablar con libertad delante de Rita, pero las cartas de chantaje que habían recibido algunas de sus amigas desde la muerte de Bunny Talbot eran muy inquietantes, y últimamente Felicity no podía dejar de pensar si Rita habría tenido algo que ver en todo aquello. Después de todo, ella había hablado sin tapujos delante de su asistente… En realidad, Felicity no creía que Rita tuviera nada que ver, se sentía mal por pensarlo, pero si había la mínima posibilidad de que estuviera involucrada, o que le dijera algo a alguien que lo estuviera… Sería mejor andar con cuidado que después tener que lamentarse.

Suspirando profundamente, Felicity sacudió la cabeza.

–No, no ha llamado. Es sólo que estoy cansada. Creo que voy a tomarme la tarde libre.

–Muy buena idea –dijo Rita–. Ve a casa, date un baño y pide una pizza a domicilio o algo así. Suena como un buen plan.

Felicity sonrió. Rita tenía razón. Abrazó a su asistente y dijo:

–Gracias, Rita, ya me siento mejor.

Reed se dijo a sí mismo que no le importaba que Felicity hubiera rechazado su propuesta. En Cozumel debía haber cientos de mujeres guapas. Además, quedaban cuatro días para el lunes. Tal vez pudiera apañárselas para convencer a Felicity en ese tiempo.

Felicity soñó con Reed esa noche. En el sueño estaban en una cama en medio de una habitación soleada. En el techo había un ventilador que giraba con un suave zumbido, agitando la mosquitera que rodeaba la cama. Se oía a unos mariachis en la distancia, y mientras Reed le susurraba al oído, le acariciaba todo el cuerpo…

Felicity se despertó con un gemido.

Cuando se dio cuenta de que no había estado realmente en esa cama con Reed, que había sido sólo un sueño, sintió ganas de llorar de la decepción.

Todo su cuerpo gritaba de deseo por él, pero él no estaba allí y ella estaba sola. Igual que los tres últimos años. Tres años de soledad.

«Tres años sola y sin sexo…»

Ahí radicaba todo su problema. Se sentía frustrada sexualmente… un desastre, en otras palabras.

«Tal vez sea el momento de comprar un NAP», pensó, traviesa, recordando en las risas que había tenido con sus amigas hablando de los «novios a pilas».

Ahuecó la almohada y trató de ponerse cómoda, pero no hubo manera. Después de media hora de dar vueltas en la cama, se convenció de que no volvería a dormirse. A las tres de la madrugada renunció y se levantó para ir a buscar un vaso de leche a la cocina. Se sentó a la mesa del desayuno para pensar una vez más en la propuesta de Reed.

¿Tan descabellada era la idea?

Lo único que había hecho había sido invitarla a un lujoso hotel en el que pasaría una semana relajada y divirtiéndose.

«Sin ataduras».

Mientras Emma no se enterase de nada, ¿qué tenía de malo?

El sábado por la mañana, justo antes del mediodía, Felicity estaba a punto de salir de la oficina cuando una furgoneta de reparto de flores se detuvo frente a la puerta. Frunció el ceño. No esperaba ninguna entrega. ¿Se habrían equivocado de dirección?

Un joven caminó hacia la puerta con un ramo de flores rojas en un florero. ¿Sería el cumpleaños de Rita? No, su cumpleaños era en diciembre.

—¿Señorita Felicity Farnsworth? —dijo el hombre.

–Sí.

–Son para usted –le pasó el florero, que venía con una caja envuelta en papel de regalo rojo.

Felicity cerró la puerta y fue a su mesa. ¿Quién se las habría mandado? No había tarjeta. Tomó la caja y la desenvolvió. Se quedó boquiabierta. Era una caja de preservativos. Con ella sí venía una nota.

Para mí, la mejor compañía para una flor de pasión son los preservativos, ¿no te parece? Te prometo que les daremos el mejor uso posible si cambias de idea.

Reed

Felicity no pudo evitarlo y se echó a reír. ¡Era tremendo! Guardó la caja de preservativos y la nota en su bolso a toda prisa. No quería que nadie lo viese, y Rita estaba a punto de llegar.

Pero aunque hubiera apartado la nota y los preservativos de su vista, Felicity no pudo pensar en otra cosa en todo el día.

El domingo por la tarde, Reed se enfrentó a la cruda realidad de que Felicity no iba a cambiar de idea. Bueno, lo había intentado, y aunque no había logrado convencerla de que fuera a Cozumel con él, él sí se iría a la mañana siguiente. Ya había llamado a su madre para avisarla de que iba a estar fuera una semana, aunque no le dijo dónde iría y ella imaginó que sería un viaje de trabajo, y le había dado ins-

54

trucciones a Max. Ya tenía la maleta preparada y estaba listo.

Pero a la mañana siguiente, mientras se dirigía en su coche al aeropuerto, no pudo evitar lamentarlo.

Para cuando Felicity se decidió, ya era demasiado tarde para marcharse con Reed a Cozumel, pero en la agencia de viajes le encontraron un asiento en el siguiente vuelo.

En la breve escala que hizo en el aeropuerto Kennedy, pensó en lo que diría la gente si supieran dónde había ido y con quién. A Rita le dijo que se iba toda la semana a un spa y que estaría incomunicada todo el tiempo.

—Tendré el móvil apagado —le había dicho.

—Buena idea —dijo su asistente—. Cuando vuelvas, ya tendrás tiempo de volver a pensar en el trabajo. No te preocupes por nada más que de pasártelo bien y de descansar. Seguro que no has tomado el sol en todo el verano.

Felicity se sentía culpable, pero después se dijo que lo hacía para protegerse a sí misma. El sentimiento de culpabilidad era el precio que tenía que pagar por la promesa de la semana que tenía ante sí. Aún no podía creerse lo que estaba haciendo, y mientras subía al avión con destino a México seguía pensando que estaba soñando y pronto despertaría, como cuando soñó que Reed le hacía el amor.

Hasta que no se vio sentada en su asiento de primera clase, con una piña colada en las manos no supo que aquello era real. Aquella noche estaría con Reed.

Y, en medio de la excitación, pensó si estaría haciendo lo correcto. Cierto era que no quería compromisos, al menos por el momento, pero tampoco quería que Reed pensara que era fácil. Desde luego, no quería que creyese que se metía en la cama con cualquiera.

«Te conoce de toda la vida».

A pesar de todo, sería buena idea dejarle claro que había aceptado el ofrecimiento porque necesitaba unas vacaciones… no porque estuviera sexualmente necesitada. Felicity sonrió. Aunque lo estuviera.

Reed no se había equivocado.

Había montones de mujeres preciosas en el Gran Hotel de Cozumel, y algunas de ellas lo miraban con interés. Sobre todo una morena con un vestido muy escotado, parecía dispuesta a dejar a sus amigas si él se le acercaba.

Reed se lo planteó.

No le costaría ir hacia ella y presentarse; después podía invitarla a cenar.

Pero no le apetecía. Y sabía el motivo. Por muy guapa que fuera, no era Felicity.

Capítulo Cinco

Cuando el taxi de Felicity aparcó delante del Gran Hotel de Cozumel, ella tomó aire antes de salir.

–Bienvenida al Gran Hotel, señorita –dijo el joven botones que apareció enseguida junto al taxi.

–Gracias –dijo Felicity. Pagó al taxista, que aceptó sus dólares encantado, y siguió al botones a la entrada. La zona de recepción era amplia y luminosa, y estaba rodeada de plantas exuberantes.

El recepcionista la saludó en un inglés perfecto. Su nombre era Carlos Pérez.

Felicity trató de no mostrar los nervios que sentía.

–Kelly –dijo ella–. La reserva está a nombre de Reed Kelly.

El recepcionista sonrió.

–Le ruego que me disculpe, señora Kelly. El señor Kelly no nos dijo que llegaría esta noche.

Felicity abrió mucho los ojos. ¿Es que Reed sabía que ella iría? ¿Se había enterado de que ella había cambiado la reserva?

–Eduardo –llamó el señor Pérez–. Acompaña a la señora Kelly a la suite 410, la suite Calypso.

Felicity abrió la boca para explicar que ella no era la señora Kelly, pero la situación le pareció muy embarazosa. Su intención había sido buscar ella sola la habitación de Reed, pero tal vez sería más fácil dejar que todos pensaran que eran marido y mujer. De ese modo, no los mirarían de modo extraño. O tal vez no les importaran esas cosas… Ella llevaba tanto tiempo sin salir con nadie y sin tener sexo con nadie que ya no sabía cómo funcionaban esas cosas. Sólo con pensar en ello sentía un ataque de nervios.

Cielos, ¿estaría cometiendo un terrible error?

«Bueno, ya es demasiado tarde para pensar en eso».

Felicity le dio las gracias al señor Pérez y siguió al botones hacia el ascensor escondido tras las palmeras que crecían allí mismo, en medio de la recepción.

En el ascensor, Felicity intentó mantener la calma, pero cuanto más se acercaban a la suite, más nerviosa estaba ella.

Felicity se preguntó si Reed estaría en su habitación. Eran casi las siete de la tarde. Tal vez estuviera cenando. Tragó saliva al pensar por primera vez en la horrible posibilidad de que hubiera encontrado a otra persona, a otra mujer, con la que compartir cena o incluso habitación.

Oh, no… ¿Qué haría si ése fuera el caso? ¿Era demasiado tarde para darse la vuelta y volver a casa?

Aún seguía debatiendo consigo misma cuando el botones dijo:

–Ya hemos llegado, señora Kelly. La suite Calypso –y al decirlo, llamó a la puerta con los nudillos.

Felicity murmuró una oración antes de que la puerta se abriera.

–¿Felicity? –murmuró Reed, asombrado.

–Hola, Reed –¿por qué él no sonreía? El corazón le latía tan aprisa que empezaba a asustarse

Y entonces, justo cuando iba a pedir perdón por su horrible error, él le hizo un gesto al botones para que pasara. Mientras Reed le daba una propina, Felicity se preguntó a sí misma si no sería demasiado tarde. Si él no aceptaba sus condiciones, porque ella las tenía, o actuaba como si hubiera cambiado de idea y ya no quisiera tenerla allí, podía marcharse y lo haría.

Reed cerró la puerta después de despedirse del botones y por fin la miró. Le tomó la mano, la atrajo a sus brazos y justo antes de besarla, le sonrió y dijo:

–¿Por qué has tardado tanto?

Felicity perdió la cuenta del tiempo que permanecieron besándose. Lo que sí sabía era que Reed le hacía sentir cosas completamente nuevas; ni siquiera al principio de su relación con Sam había sentido algo así.

Pero cuando Reed la llevó hacia la cama, Felicity, a pesar de las llamas del deseo que la devoraban, tuvo la consciencia suficiente como para resistirse.

–¿Pasa algo? –preguntó él mirándola–. ¿Te he malinterpretado?

Felicity, con el pulso a cien, dijo con voz firme pero agradable, la misma que utilizaba para sus clientes:

–Espera, antes de ir más lejos, tienes que aceptar mis condiciones. En caso de no hacerlo, me volveré a Eastwick.

–¿Cuáles son esas condiciones? –preguntó él, desconfiado.

–Mi presencia aquí tiene que ser un secreto para absolutamente todo el mundo.

–Me decepcionas, Felicity. Pensabas que eras una chica moderna de las que no se preocupan por lo que piensen los demás. Es una de las cosas que más admiro de ti, que no das crédito a las habladurías.

–Lo que diga la gente me da igual, normalmente, pero sí que me importa Emma, y no quiero comprometer mi amistad con ella.

–¿Qué le tiene que importar esto a Emma? Fue ella la que me dejó y no al revés.

Felicity no trató de ocultar su disgusto. A él aún le importaba Emma, y si estaba haciendo aquello sólo para recuperarla, Felicity no quería saber nada de eso. Pero antes de que ella pudiera expresar sus pensamientos en voz alta, Reed volvió a hablar.

–No quiero que te marches –le dijo en voz baja–. No te pedí que vinieras para desquitarme de lo de Emma, si es lo que estás pensando, sino porque creo que podemos tener algo.

–¿En serio?

–Sí, y acepto tus condiciones –le dio un golpecito a la cama a su lado, llamándola–. ¿Por qué no vienes y dejamos de perder el tiempo?

Felicity sacudió la cabeza.

–Hay otra cosa más que tenemos que dejar clara desde el principio.

Él levantó las cejas.

–Hum... ¿No crees que sería mejor conocernos un poco antes de meternos en la cama?

–Sé todo lo que tengo que saber sobre ti –le respondió él con un tono seductor. Al mirarla a la cara, Reed sonrió–. De acuerdo, tú ganas. Si la cama te pone nerviosa, iremos a otro sitio –se levantó para ir a sentarse al sofá, y la llamó a su lado.

Pero Felicity sabía que si se sentaba con él, pronto sería incapaz de negarse a cualquier cosa que él le pidiera. Y sabía que tenía razón; aunque él hubiera aceptado sus condiciones de mantener aquello en secreto, era importante decir que no por el momento. Tal vez lo suyo con Reed no fuera más allá de una aventura de una semana, pero no quería que la considerara una mujer sin escrúpulos. Por eso se soltó de su mano y se fue a sentar en uno de los sillones individuales junto a la puerta del balcón.

–Bueno, pues yo apenas te conozco, Reed.

–Y a pesar de todo, estás aquí –apuntó él.

Oh, esa sonrisa tan sexy la desarmaba por completo.

–Así es –y esperaba no tener que arrepentirse de ello.

–No puedes hacer como si no supieras qué te estaba sugiriendo cuando te envié los preservativos –la sonrisa se volvió casi malévola–. Los recibiste, ¿verdad?

Ella intentó mantenerse seria, pero era una batalla perdida.

–Sí, y me los he traído.

–¿Entonces, cuál es el problema?

¿Por qué tenía que ser tan guapo? Con aquellos pantalones de lino y la camiseta ajustada negra era la viva imagen del hombre perfecto. Para distraerse de sus atributos, Felicity decidió decirle la verdad.

—Reed, sé que dijiste que no habría ataduras. Eso me gusta; no estoy buscando matr… —se calló y corrigió sus palabras—. Una relación seria ni nada de lo que eso acarrea, pero tampoco soy de las que se mete en la cama con alguien a quien apenas conoce, por más atraída que me sienta por él.

—¿Así que reconoces que te sientes atraída por mí?

Otra sonrisa.

—Ya sabes que sí.

—Y yo siento lo mismo por ti —dijo él.

Felicity bebió de la expresión de sus ojos. Le sería muy fácil olvidar sus escrúpulos.

—Eso está bien, pero aparte de querer saber de ti, a las chicas nos gustan los pasos previos.

—A mí se me dan muy bien —le dijo él con voz grave—. Y si vienes aquí, te lo demostraré.

—No me refiero a eso, sino a cenas románticas, bailar, flirtear un poco… ya sabes, cosas que nos den tiempo a conocernos mejor y que nos hagan desear más el momento —añadió, jugando su mejor baza.

—¿Desearlo más, dices?

—Sí —lo miró directamente a los ojos.

—¿Y cuánto tiempo propones que esperemos? Sólo tenemos una semana.

Felicity quiso sonreír, pero se contuvo.

–¿Qué te parece media semana? Entre tres y cinco días, si te parece bien.

–Eso es demasiado. ¿Y si lo dejamos en veinticuatro horas? –miró su reloj–. Hasta mañana a las siete. Podemos dedicarnos de lleno a los preliminares hasta entonces.

Ella sacudió la cabeza.

–Veinticuatro horas son muy pocas. ¿Lo dejamos en tres días?

–Uno y medio –sus ojos azules brillaban mientras la estudiaba.

De nuevo, ella se negó a bajar la mirada o avergonzarse. Aquello era una negociación en toda regla.

–Dos y medio será mejor.

Él sacudió la cabeza.

–Es mucho tiempo. Por qué no lo dejamos en… Digamos dos días y… –volvió a mirar su reloj–. Dos días y cinco horas. Eso nos llevaría a la medianoche del miércoles…

Ella miró por la ventana e hizo como si estuviera valorando su oferta.

–De acuerdo. El miércoles por la noche. Trato hecho –se levantó, fue hacia él y le ofreció la mano, que él le estrechó.

–Qué difícil es negociar con usted, señorita Farnsworth. Yo diría que hemos retrocedido, de besarnos a estrecharnos la mano.

–Avanzaremos, te lo prometo –rió ella–. Siempre que mantengas tu parte del trato, claro está.

Él se puso de pie, sin soltarle la mano.

–¿Qué quieres decir con eso? ¿Es que le vas a poner nota a todo lo que haga?

–Pues no había pensado en ello, pero es una gran idea. Ponerle nota a los preliminares. Tal vez incluso podría comercializarse, seguro que se hace muy popular entre las mujeres. Ya me imagino la web... «¿Qué nota le pones a tu hombre?»

–Estaba de broma –dijo él con sequedad.

–No sé… es una gran ida.

–Eres tremenda, ¿lo sabías? No sólo eres guapa y sexy, sino también lista –le levantó la mano y le besó la palma.

Felicity sintió que el corazón le daba un vuelco, pero se obligó a comportarse. Retiró la mano y le hizo una reverencia.

–Gracias, amable señor. Vos tampoco estáis mal.

–Ahora que lo hemos dejado todo claro, ¿qué te parece si vamos a cenar? ¿Tienes hambre?

–Me comería una vaca –hacía horas que no probaba bocado.

–¿Vamos, entonces?

–¿Te importa esperar a que me duche y me cambie?

–Estás estupenda así –miró con gesto de aprecio sus pantalones blancos y blusa verde.

–Gracias por el cumplido, pero llevo todo el día con esta ropa, y me gustaría ponerme algo un poco más formal.

–En ese caso, yo también me cambiaré.

–¿Cuánto tiempo tengo? –preguntó ella.

–Todo lo que necesites.

Sonriendo, Felicity fue hacia la habitación.

–Oh, Felicity –llamó él, y ella se giró–. Sería buena idea que cerraras la puerta del baño con cerrojo.

Reed se puso unos pantalones grises, una camisa de seda blanca y una chaqueta de lino negra, y fue a la salita a esperar a que Felicity acabara de arreglarse. Después de prepararse una copa de ron, más bien ligera, para mantener sus plenas facultades toda la noche, pensó en la conversación que habían tenido. No pudo evitar sonreír al pensar en la negociación; aquella semana iba a ser más divertida aun de lo que había imaginado.

Salió al balcón con vistas a la piscina y el mar. El sol acababa de ponerse y el agua brillaba con un tono rojizo. En ese momento, Reed oyó algo tras él y se giró.

Por un momento, no pudo decir nada. La visión que tenía delante llevaba un vestido rosa brillante, ajustado y sin tirantes, con una larga abertura en la parte frontal que dejaba ver sus estupendas piernas. Las sandalias de tacón imposible hacían juego con el color de vestido, y el resto el atuendo estaba complementado por unos largos pendientes de cristal y unas horquillas de mariposa, como siempre, con cuentas de colores.

Felicity inclinó la cabeza.

–Di algo.

–Estás espectacular.

–Gracias. Tú también estás muy bien.

Reed dejó el vaso sobre una mesita.

—¿Nos vamos?

—Sí —dijo ella, tomándolo del brazo.

Cielos, era preciosa. ¿Cómo no se había dado cuenta antes?

Cuando llegaron a los ascensores, se encontraron con otras personas que esperaban, así que no se dijeron nada. Hasta que no llegaron a la recepción, Reed no habló.

—El restaurante del hotel tiene fama de tener muy buen marisco, pero podemos ir a otro sitio, si quieres.

—Éste está bien. Me encanta el marisco.

—A mí también.

Cuando entraron en el restaurante, decidieron sentarse en el patio exterior, y diez minutos más tarde estaban instalados en una mesa con vistas al mar. El sol acababa de ponerse en el horizonte, y la superficie del agua se teñía de tonos anaranjados y violetas. La suave brisa hacía que la llama de las velas temblase. En un extremo del patio, un conjunto musical de guitarras y piano amenizaba la velada.

Reed le sonrió a Felicity. Debería estar prohibido ser tan guapa.

—¿Qué es lo que quieres saber sobre mí?

—Directo al grano, ¿no? —bromeó ella.

—¿Por qué perder tiempo?

Felicity se recostó sobre su asiento.

—Háblame de tu familia.

Reed levantó la mirada.

—Veamos.. son habladores y mandones. Muy mandones.

Ella sonrió.

—No me puedo creer que dejes que nadie te mande.

—No lo hago, pero ellos lo intentan, sobre todo mi hermana.

—Conozco a Shannon, pero no a las demás.

—Sólo tengo una hermana más, Bridget. Y dos hermanos, Daniel y Aidan. Yo soy el pequeño de la casa.

—Por eso te mandan todos. Es lo que pasa siempre con los hermanos pequeños.

—Lo dices como si tuvieras experiencia en la materia.

Ella perdió la sonrisa.

—No —sacudió la cabeza—. Fui hija única.

Reed no podía imaginarse lo que debía ser hijo único. Cuando era pequeño, a menudo deseó no tener hermanos, porque ser el pequeño de una familia numerosa y unida significaba no tener ni un momento de paz. Sus hermanos siempre le tomaban el pelo, lo ignoraban o le mandaban hacer cosas, y además, siempre tenía que compartir habitación y heredar la ropa de los mayores.

—Tienes suerte —dijo ella—. Ser hijo único, especialmente de padres centrados en sí mismos, puede ser una existencia muy solitaria. A veces pienso que me lancé a casarme con mi ex por eso antes de conocerlo realmente bien —hizo una mueca—. Créeme, conocerlo no llevaba a quererlo.

Él tenía curiosidad acerca de su matrimonio. Emma le había dicho que Felicity lo pasó muy mal.

—¿Cuánto tiempo estuviste casada?

–Unos siete años. Para cuando me divorcié de él, se había pulido toda mi herencia y me había engañado con incontables mujeres –dijo, de forma totalmente aséptica.

Reed no podía imaginarse cómo un hombre que tenía a Felicity podía querer cualquier otra cosa. Iba a decirlo, pero en ese momento se acercó el camarero a tomarles nota de la bebida. Cuando se fue, el momento había pasado.

–Emma me dijo que tus padres murieron en un accidente de esquí.

Felicity asintió.

–Fue algo terrible. Iban en un remonte y el cable se rompió. Cinco personas murieron en el acto.

–Lo siento.

Ella suspiró.

–Fue hace mucho tiempo. Yo tenía diecinueve años y estaba en la universidad.

–¿Y te casaste...?

–A los veinticuatro, y llevo tres divorciada.

–Entonces... –Reed hizo un cálculo rápido–. Tienes más o menos mi edad, ¿no? Treinta y cuatro o treinta y cinco...

–Sí. Treinta y cinco desde marzo. ¿Cuándo es tu cumpleaños?

–Yo cumplo los treinta y seis el treinta y uno de este mes.

–Entonces eres Leo. El león –ella inclinó la cabeza para estudiarlo–. No pareces muy león.

–Cariño –dijo, en su mejor imitación de Groucho Marx–, deberías verme rugir.

Como respuesta, ella sólo sonrió.

Reed decidió hacer que sonriera todo el tiempo. No sonreía lo suficiente y cuando lo hacía, su expresión se volvía más dulce. Una potente combinación, dulce y sexy.

–¿Qué? –dijo ella.

–¿Qué de qué? –respondió él.

–¿Por qué me miras así?

–Estaba pensando lo mucho que me gustas.

A la luz de la vela, su rostro se iluminó de placer. El momento se alargó y, desde que Felicity había ido a las cuadras la semana anterior, Reed no pensó en su cuerpo o en el sexo. En su lugar, pensó en lo mucho que disfrutaba de su compañía y en lo mucho que le gustaría conocerla mejor.

En ese momento llegó el camarero con sus bebidas y pidieron la comida. Cuando el camarero se marchó, la banda empezó a tocar una balada y unas cuantas parejas salieron a bailar. Felicity les observó.

–¿Quieres bailar? –preguntó Reed.

–Me encantaría.

Los padres de Reed no eran ricos, pero tanto él como sus hermanos habían aprendido a bailar gracias a su madre. Ella fue bailarina de joven y siempre decía que un joven bien educado tenía que saber comportarse en la mesa y bailar. Reed odiaba bailar cuando era pequeño, pero ahora se alegraba de que su madre le hubiera obligado a aprender. De un baile pasaron a otro, a otro y después a un tercero.

Tener a Felicity en sus brazos en medio de la pista de baile era casi tan fantástico como el sexo.

—Qué bien se está así –dijo él, acariciándole el pelo con los labios. El aroma a flores le inflamaba los sentidos.

—Sí –murmuró ella–. Eres un buen bailarín, Reed.

—Tú también –la abrazó con más fuerza–. ¿Por qué no nos olvidamos de la cena y seguimos bailando toda la noche?

Ella echó a reír.

—Una oferta tentadora, pero me pongo de mal humor cuando tengo hambre.

En ese momento Reed vio por el rabillo del ojo al camarero con una bandeja junto a su mesa y la soltó, aunque sin ganas.

—Parece que la comida ya ha llegado.

La cena estaba estupenda. Además del ceviche, tomaron langosta servida con arroz y una salsa de mango y lima. Reed disfrutó de la comida, pero aún más de ver a Felicity. Ella comía con entusiasmo, no como la mayoría de las mujeres que sólo revuelven con el tenedor en el plato fingiendo que no les gusta para no subir de peso.

—Qué cena tan estupenda –dijo ella, reclinándose en su asiento después de suspirar al acabar.

—Sí –dijo él–. Hemos dejado los platos relucientes.

—Yo suelo hacerlo.

—Bien, una chica con un apetito sano.

El comentario quedó en el aire, porque los dos empezaron a pensar en otros apetitos que pudieran sobrevenirles más adelante.

Mientras el camarero recogía la mesa para llevarles el postre, helado de vainilla con nueces caramelizadas para Reed y flan para Felicity, volvieron a bailar. En esa ocasión, la banda tocaba una salsa, y los dos lo intentaron entre risas. Cuando acabó la canción, Felicity se abanicaba con la mano y Reed estaba pensando en quitarse la chaqueta.

–Qué divertido –comentó Felicity dejándose caer en su asiento–. ¿Sales a bailar en Eastwick?

Reed sacudió la cabeza.

–Normalmente estoy muy ocupado.

No era del todo cierto, pero le daba un poco de vergüenza admitir a Felicity que nunca había pensado en llevar a Emma a bailar, porque eso, y acababa de darse cuenta, debía haberle servido para saber más sobre el estado de su relación.

–Reed…

Él la miró a los ojos.

–¿De verdad has superado lo de Emma?

–Sí. Lo único que me fastidia, y estaba pensando en ello ahora mismo, es no haberme dado cuenta antes de que había algo entre nosotros que no funcionaba. Me fastidia haber estado tan ciego.

–Entonces, no estás disgustado por la ruptura del compromiso… Lo que dijiste antes de no utilizarme para recuperarla… ¿lo decías en serio?

–Ni se me había pasado por la cabeza –incómodo, se preguntó si eso era del todo cierto. Después de todo, había pensado en darle algo nuevo de qué hablar a los chismosos de Eastwick al salir con ella–. No siento ningún rencor hacia Emma, y como le dije a mi hermana el otro día, ella nos hizo un favor a los dos.

Felicity lo miró durante un rato, y después pareció decidirse.

—Bien, me alegro —dijo alegremente—. Cambio de tema. ¿Cómo es que vamos a conocernos ahora cuando los dos somos de Eastwick?

—No sé. Supongo que nuestros caminos no se cruzaron… fuimos a distintos colegio, para empezar.

—Sí, yo fui a la Academia Eastwick y tú…

—Yo al instituto público. Mis padres no consideran buena opción gastar dinero en educación privada.

—Después yo fui a la Universidad de Barnard.

—Yo a la universidad de Connecticut.

—Y trabajé en Manhattan durante dos años.

—Yo volví y empecé el negocio que después se convirtió en Rosedale.

—Me casé con Sam y me fui a vivir a Chicago.

—Y ahora —añadió él—, aquí estamos, conociéndonos por fin.

La banda volvió a tocar una balada, Reed alargó la mano y ella se levantó. Cuando la tomó en brazos y empezaron a bailar pensó en lo bien que estaba así. Suspiró al atraerla más hacia sí.

Reed decidió que esperar hasta el miércoles por la noche sería una de las cosas más difíciles que había hecho hasta el momento.

Capítulo Seis

A Felicity no le extrañó que algunas religiones prohibiesen bailar, porque no podía creerse lo bien que lo estaba pasado. Estar en brazos de Reed, moverse al ritmo de la música, era un estupendo afrodisíaco. De hecho, como preliminar para el sexo, no podía imaginarse nada mejor, y casi lamentaba tener que esperar al miércoles por la noche para acostarse con él.

–¿En qué estás pensando? –murmuró él contra su pelo.

–En lo agradable que es esto –respondió ella, «y en lo agradable que será el miércoles por la noche, porque seguro que eres un amante de primera».

Otra mujer habría expresado sus pensamientos en voz alta, pero Felicity no era tan directa.

–Será aún mejor –dijo él.

A ella se le cortó la respiración cuando él le lamió ligeramente el lóbulo de la oreja con la punta de la lengua.

–No es justo –le dijo ella.

–¿El qué? –esta vez, le rozó la mejilla con los labios y bajó las manos hasta su trasero para atraerla más hacia sí.

–Reed –protestó ella sin aliento–. Para, la gente nos está mirado.

–¿Quién nos está mirando? Están todos muy ocupados con sus cosas.

Ella se apartó, miró a su alrededor y vio que Reed tenía razón. Nadie los miraba, y de hecho, había dos parejas más en la pista bailando aún más sugerentemente que ella y Reed.

–Además –dijo él, abrazándola con más fuerza–, eras tú la que quería preliminares, ¿no? Por mi parte, subiríamos ahora mismo a la habitación a probar esa cama gigante.

Felicity tragó saliva. Se acababa de dar cuenta de que aunque no fuera a tener sexo con él hasta el miércoles, tendría que compartir su cama dos noches, a no ser que le hiciera dormir en el sofá de la salita. Y aunque lograra convencerlo de tal cosa, ¿realmente lo quería tener tan lejos?

Felicity podía haber seguido bailando toda la noche, pero cuando Reed y ella se acabaron el postre y el café, vio que había gente esperando a que alguna mesa se quedara libre.

–Creo que deberíamos irnos –le dijo ella.

Reed siguió la dirección de su mirada.

–Sí, será mejor no seguir ocupando la mesa cuando ya hemos terminado de cenar –le sonrió travieso–. Podemos subir a la suite, poner música en la radio y seguir bailando.

Ella echó a reír.

–Oh, será mejor que no. No podré fiarme de que cumplas nuestro acuerdo si hacemos eso.

–¿Yo? –y fingió enfadarse–. Escucha, querida –ahora imitaba a Humphrey Bogart–, si hay alguien aquí en quien no se puede confiar, ésa eres tú. Sé lo mucho que deseas mi cuerpo, y te apuesto que me rogarás que te haga el amor mucho antes del miércoles a medianoche.

Ella rió con ganas.

–Sigue pensando eso, si así te sientes mejor.

Reed intentó contener la risa sin éxito.

Mientras esperaban a que el camarero les trajese la cuenta, Felicity pensó en lo divertido que era Reed. Por lo que Emma decía de él, nunca se lo habría imaginado así, con tanto sentido del humor y tanta capacidad para las imitaciones.

–¿Te gustan las películas antiguas?

–Sí, siempre que me puedo, pongo el canal de cine clásico.

–A mí también me gusta, sobre todo los musicales. Supongo que por el vestuario y porque siempre acaban bien. ¿Y cuáles son tus favoritas?

–Las comedias. Sobre todo las de Abbott y Costello, o las de los hermanos Marx. También me gustan las de superhombres: James Cagney, Humphrey Bogart, Richard Widmark… los tipos duros.

–Si me prometes que te comportarás, podemos volver a la habitación y buscar una peli antigua en la tele.

–No sé –dijo él, lentamente–. Tal vez sea demasiado para ti… acurrucados en la cama, ver escenas de amor juntos… Puede que pierdas el control y saltes sobre mí.

–Sigue soñando, campeón –ahora que él la había retado, Felicity estaba decidida a llegar al miércoles por la noche aunque pereciera en el intento. Pero sí que tenía razón en lo mucho que lo deseaba. Y cuanto más jugaba con ella, más atractivo y seductor le resultaba. ¡Y eso él también lo sabía!

–¿Es esto una guerra? –bromeó él–. Porque ya sabes lo que dicen… en el amor y en la guerra…

Cuando él la miró, a Felicity le costó seguir respirando.

–No, esto no es una guerra –declaró ella con firmeza cuando pudo responder, pero sus entrañas se derretían como helado al sol bajo su mirada–. Ya hemos llegado a un acuerdo.

–Eres una aburrida.

Antes de que Felicity pudiera pensar cómo contestarle, llegó el camarero con la cuenta. Después de que Reed pagara, le sonrió.

–¿Vamos?

Felicity no estaba segura de estar lista para aquello, pero se levantó, y cuando iba a dirigirse a la recepción del hotel, Reed la agarró del brazo.

–¿Por qué no vamos a dar un paseo por la playa?

–Oh, me encantaría –sus recuerdos de infancia más queridos eran las vacaciones en la playa con sus padres. Recordaba los paseos por la playa al atardecer, sus padres agarrados de la mano y ella delante de ellos buscando caracolas.

–Por un momento me ha parecido que entristecías –le comentó él cuando salieron al jardín–. ¿Algo va mal?

–No –Felicity sacudió la cabeza–. Me estaba acordando de mis padres. A ellos les encantaba ir a la playa.

–Les echas de menos.

–Sí –aunque no le habían dado las atenciones que ella deseaba, eran buena gente y le habían dado un buen hogar.

–Comprendo. Mi padre murió hace más de seis años, pero aún lo echo de menos como si se hubiera ido ayer.

Ésa era una de las cosas que Felicity admiraba de Reed. No le avergonzaba mostrar su cariño por sus padres y hermanos, y aunque los llamara mandones, en su rostro había visto que eran muy importantes para él.

Volvió a sentir una punzada de envidia. Daría lo que fuera por haber tenido una familia tan cercana.

Mientras caminaban por el paseo que llevaba a la playa, Felicity se fijó el cuidado que el complejo turístico había tenido para ajardinar la zona. El verdor era exuberante, lleno de flores, arbustos y palmeras. Unas lamparitas iluminaban el borde del camino, pero era una noche de luna y podrían haber prescindido de ellas.

Reed no le soltaba la mano y Felicity pensó en cuánto tiempo hacía desde que un hombre la había agarrado así de la mano por última vez. De hecho, no recordaba que Sam lo hubiera hecho nunca. ¿Por qué se enamoraría de él? Se lo había preguntado cientos de veces… ni siquiera era guapo.

Reed, por otro lado, era la persona más encantadora que había conocido.

Cuando llegaron a la playa, Felicity se quitó los zapatos y Reed la imitó, para después enrollarse las perneras del pantalón. Después, de la mano, caminaron junto al rompiente de las olas.

La noche era preciosa: luna llena, suave brisa… la arena fresca bajo sus pies, el ondular de las palmeras. Felicity sintió que sus problemas estaban muy, muy lejos.

–Qué bien se está aquí –dijo, aunque deseó haberse llevado un chal para echárselo por encima de los hombros.

–Sí –dijo Reed–. Es verdad.

Pero algo en su voz hizo que ella levantara la vista hacia él. Cuando lo hizo, vio que él también la estaba mirando, y de repente sintió tal calor que se olvidó del chal.

Como si él hubiera adivinado sus pensamientos, le soltó la mano y la agarró por la cintura. Sin acordarlo de forma explícita, los dos ralentizaron el paso hasta pararse. Entonces él dejó caer sus zapatos y la abrazó.

Por un momento, el único sonido que se oyó fue el del mar mientras se miraban a los ojos. Felicity sentía su corazón palpitando con fuerza mientras esperaba. Por fin él reclamó sus labios y ella suspiró. Felicity también dejó caer los zapatos y lo abrazó por la cintura.

Cuando ella abrió la boca, sus lenguas se encontraron y empezaron a bailar, invitando y aceptando. En la mente de Felicity sólo cabía una sensación: Reed. Su tacto, su calor, su olor, su fuerza y el deseo que sentían, cada vez más fuerte.

Felicity no supo ni le importó cuánto tiempo pasaron allí. Lo único que contaba era la pasión que ardía entre ellos.

Deseaba a aquel hombre. Lo deseaba más que ninguna otra cosa en toda su vida.

Y él la deseaba a ella.

¿Por qué se le había ocurrido pensar que tenía que esperar?

—¡Whoo—hoo!

Felicity y Reed se separaron al oír las ruidosas carcajadas. Entonces fue cuando Felicity se dio cuenta de que se acercaba un grupo de jóvenes. Roja de vergüenza, se agachó para recoger sus zapatos esperando que los hombres pasaran pronto. Pero no hubo suerte; uno de ellos, alto y rubio, muy sonriente dijo:

—Sí, yo también la besaría. Está buena.

—Sí, ¿te importa compartirla? —dijo otro.

—Yo querría algo más que besos —dijo un tercero, y le dio un puñetazo en el brazo a uno de sus colegas, que se lo devolvió.

«Oh, cielos».

¿Estarían borrachos? Felicity no había sentido miedo hasta ese momento, pero se acababa de dar cuenta de que estaban bastante lejos de su hotel. Podía pasar cualquier cosa.

Pero Reed le rodeó la cintura con el brazo para tranquilizarla.

–Una bonita noche, ¿verdad, chicos?

Durante unos segundos que a Felicity le parecieron horas, los jóvenes no respondieron. Y entonces, el rubio que parecía ser el cabecilla, respondió.

–Sí, que lo paséis bien –lo saludó con la mano y siguió caminando hacia su hotel seguido por los demás.

Felicity tardó un rato en calmar su agitado corazón. Tal vez no había habido motivo para asustarse, tal vez aquellos chicos fueran inofensivos, pero no podía dejar de pensar que si Reed no hubiera sido tan fuerte y sereno, algo que los chicos habían notado, la historia podía haber tenido otro final completamente diferente.

–¿Lista para volver? –dijo Reed.

Ella asintió.

Él se inclinó para recoger sus zapatos y después le pasó el brazo sobre los hombros.

–No has pasado miedo, ¿verdad? –le preguntó.

–Sólo por un segundo –admitió Felicity.

Él le apretó el hombro.

–Pero entonces comprendí que estaba segura contigo.

Él se detuvo. Estaban ya tan cerca del hotel que podían oír el son de la banda de música en el patio del restaurante.

Esta vez, cuando la besó hubo algo más que deseo entre ellos. Había también un sentimiento de que aquello era inevitable; algo que Felicity sabía que tenía que pasar en aquel lugar, con aquel hombre, en ese momento. Tal vez no fueran a pasar más que una semana juntos, pero eso le bastaba.

Esa semana le daría algo en qué pensar en las frías noches de invierno, cuando volviera a estar sola.

Ahora sí que se arrepentía de la promesa que le había arrancado a Reed. ¿Por qué desperdiciar el poco tiempo que tenían juntos?

—Vamos a la suite —murmuró él, dando por finalizado el beso.

—Estoy lista —dijo ella, sabiendo que si él le daba alguna indicación de que quería romper el acuerdo de esperar hasta el miércoles para hacer el amor, también estaría lista para eso.

Felicity Farnsworth era especial. Mucho.

Podrían estar muy bien juntos.

Y esa noche, si ella no insistía en mantener las normas, él le mostraría cómo de bueno podía ser.

Pero Reed sabía que tenía que ser cuidadoso. No quería cometer más errores. Antes de entregarle su corazón a esa mujer, algo muy posible, sería mejor que pensara con cuidado. Por muy bien que estuvieran juntos y por muy especial que la considerara, tenía que recordar que ella había sufrido mucho y que no quería una relación seria.

«Tal vez yo podría hacer que cambiara de idea».

Era demasiado pronto para saberlo. Con desgana, pensó que sería mejor esperar y darse una oportunidad de conocerse más, como ella había sugerido, antes de meterse en algo que tal vez no fueran capaces de parar antes de que uno de los dos saliera quemado.

Aunque Felicity había decidido dejar a Reed tomar las riendas de si mantener el acuerdo o no, pensó que no habría nada de malo en añadir un poco más de tentación, y cuando llegaron a la suite, dijo:

—Me pido primera para entrar al baño.

Él sonrió.

—De acuerdo. ¿Quieres que mire en la guía y que busque una peli antigua en la tele?

—Estaría genial.

—¿Y qué te parece si pido que nos suban una botella de champán?

—Sólo si viene acompañada de bombones.

La sonrisa de Reed creció.

—Sabía que eras una chica de las mías.

«Desde luego que quiero ser tuya». Nada más acabar de pensarlo, Felicity se quedó sorprendida. ¿De verdad quería ser suya? ¿Pertenecerle? ¿Y qué pasaba con su promesa de no volverse a casar? Desde luego, no quería que él se enamorara de ella a no ser que estuviera dispuesta a entregarse completamente a él, ¿no?

La duda la irritó, pero mientras, siguió con su plan para hacer que él no pudiera resistírsele aquella noche. Sacó un camisón de satén negro de un cajón y una bata a juego, y se lo llevó al baño. No quería que

Reed la descubriera en la habitación, pues quería contar con el elemento sorpresa.

Antes de entrar al baño, miró con aprobación la enorme cama que la doncella había dejado preparada. Lo único que faltaba en aquella cama era Reed esperándola.

Sólo con pensarlo, a Felicity se le aceleró el pulso.

Se tomó su tiempo para lavarse, vestirse y perfumarse. Se puso unas zapatillas a juego de satén negro, que le daban un aspecto estupendo a sus piernas, tomó aliento y abrió la puerta.

Había oído poco tiempo antes a Reed en la habitación, pero ya no estaba allí cuando ella salió del baño. Oyó el sonido de la televisión encendida en la salita y pensó: «cuidado, Reed, allá voy».

Él tardó unos segundos en verla; Felicity se había dejado la bata sin atar a propósito, para no ocultar la vista de lo que había debajo. Sabía el aspecto que tenía y se imaginaba cuál tenía que ser su efecto sobre él.

No quedó decepcionada.

Cuando él se giró y la vio, se quedó muy quieto, excepto por los ojos, que se abrieron mucho y la recorrieron de arriba abajo. Cuando sus miradas se encontraron, ella vio lo que él estaba pensando y sintiendo, y el corazón le latió como si lo tuviera en la garganta.

Felicity se pasó la lengua por los labios.

–Felicity –gruñó él–. ¿Qué intentas hacerme? No soy de hierro.

Eso ya podía verlo ella. Su erección era visible

bajo los pantalones del pijama de seda gris que llevaba. Fue el turno de Felicity de tragar saliva.

Entonces se olvidó de que quería que él llevara la iniciativa y de todo lo que no fuera el deseo que le salía de muy dentro, y fue hacia él.

Reed se quedó muy quieto, tanto que Felicity se preguntó si no habría cometido un error, pero entonces, en un segundo, él saltó sobre ella y empezó a besarla con ansia, igual que ella a él. Parecían querer devorarse el uno al otro. Él la buscó con la lengua mientras la atraía más hacia él buscando su trasero.

—Felicity —gruñó, hundiendo la cara en su cuello, y bajando hacia sus pechos. Mientras la sujetaba contra su erección, encontró un pezón con la boca. Empezó a lamerlo sobre la tela del camisón y pronto consiguió endurecerlo y hacer que ella deseara más y más.

Felicity gemía mientras le agarraba el pelo al sentir cómo él besaba, mordía y lamía sus pechos.

—Vamos a la habitación —masculló ella por fin. Estaba ardiendo y quería sentirlo dentro de ella. Duro y profundo dentro de ella.

Él la tomó en brazos y dio un golpe con el pie a la puerta para abrirla. Habían superado el punto de disfrutar de unos preliminares tranquilos, y ya sólo sentían una necesidad salvaje y primitiva.

Cuando llegaron a la cama, ella le bajó los pantalones y le rodeó el pene. Estaba duro y caliente, y era suyo.

—Te deseo —le dijo ella, inclinándose para tomarlo en la boca.

Él no la dejó.

–Eso no, ahora no –gruñó con esfuerzo–. Tú primero.

Cuando encontró su punto más oculto con la lengua, ella gritó de placer. Él le deslizó las manos bajo el trasero, sujetándola con fuerza mientras rodeaba una y otra vez con la lengua el palpitante botón de su placer. Unos segundos más tarde, ella arqueaba la espalda, se estremecía y unas intensas olas de placer comenzaron a sacudirla.

Cuando su cuerpo dejó de temblar, él se incorporó, se puso un preservativo y le separó las piernas para entrar con fuerza en ella. Felicity lo abrazó con las piernas mientras empezaban a balancearse juntos. Pronto ella volvió a sentir el fuego y la necesidad fue aumentando hasta que tras una fuerte penetración, su cuerpo volvió a sacudirse de placer, seguida pronto por Reed, que no pudo contener los gemidos.

Reed cayó sobre ella, pero enseguida se apartó, llevándosela con él y abrazándola mientras sus corazones recuperaban el ritmo normal y sus cuerpos se enfriaban.

–Cielos –dijo él–. Ha sido increíble.

Felicity se sentía anonadada. El acto había sido explosivo, como ningún otro hasta el momento para ella.

Reed la abrazó con más fuerza y le besó la nariz.

–¿Estás bien?

–Sí –pero no estaba segura en realidad. Sentía miedo y asombro porque él hubiera sido capaz de sacarle un lado salvaje que ella ignoraba poseer, haciéndole olvidar dónde estaba y con quién estaba, y eso significaba perder el control tan preciado para ella. Por eso supo que estaba en peligro. En grave peligro.

«No puedo enamorarme de él». Ese camino llevaba directamente al sufrimiento, por más motivos de los que estaba dispuesta a pensar. «Se supone que esto es una relación sin compromisos y una semana de relax en la playa. Eso es todo, así que contrólate».

Unos golpes en la puerta les hicieron dar un respingo.

–¿Quién será? –preguntó ella.

–Probablemente sea el servicio de habitaciones. El champán y los bombones… –él sonrió, se puso el pantalón del pijama y fue hacia la puerta–. Quédate aquí.

Felicity tragó saliva al mirar su cuerpo. No le sorprendía que hubiera perdido la razón en sus manos… estaba estupendo.

«Pero sabes que ése no es el motivo, que no es la razón más importante».

Intentó acallar su voz interior, sin mucho éxito mientras Reed estuvo fuera de la habitación. Fue al baño a intentar recomponerse y vio que uno de los tirantes de su camisón se había roto en el fragor del momento.

Cuando salió, diez minutos más tarde, Reed estaba esperándola sentado en la cama.

–¿Estás segura de que estás bien? –le dijo, después de mirarla a los ojos.

Ella asintió con la cabeza. Empezaba a sentirse avergonzada: ¿qué habría pensado él de ella? De algún modo, no podía imaginarse a Emma actuando de ese modo. Al pensar en su amiga, empezó también a sentirse culpable.

–Parece que te arrepientas de lo que hemos hecho.

¿Se arrepentía?

–¿Te arrepientes? –presionó él, mirándola con preocupación.

Ella lo miró: su pelo revuelto, la cara amable, la expresión preocupada, su cuerpo glorioso… se sintió avergonzada. Desde luego que él la tendría en mala consideración. ¿Qué era lo que le había pasado? Después de todo, eran dos adultos que se deseaban el uno al otro. ¿Qué tenía eso de malo?

–No –dijo ella con firmeza–. No me arrepiento en absoluto.

Él la miró fijamente y al cabo de un momento, dijo:

–Vamos a repetirlo entonces

Ella echó a reír. La seriedad del momento anterior había desaparecido.

–Mucho mejor –dijo él–. La risa te sienta bien. Ven a sentarte conmigo.

–¿Dónde está el champán que me prometiste?

–¿Estás diciendo que prefieres champán a otro revolcón en esta cama?

La expresión incrédula de su rostro, que a él le costaba mantener por la risa, hicieron que ella olvidara todos sus reparos. Aquello iba a salir bien. Sólo tenía que recordar las condiciones bajo las cuales estaba allí: sin ataduras, sólo diversión, para los dos.

Se había dejado llevar un poco por la pasión, pero tampoco tenía que darle más importancia de la que tenía. No tenía nada de malo y no le había dicho nada a Reed que no pudiera retirar. Y estaba claro que a él también le venía bien el acuerdo, así que sólo tenía que tranquilizarse y actuar igual que él.

—Primero el champán, después el chocolate y por último la cama —dijo ella.

—Sí que eres una negociadora dura.

—Eso ya lo has dicho antes, ¿no?

Él levantó las manos.

—De acuerdo, me rindo. Vamos a tomarnos el champán.

Capítulo Siete

A Reed le gustaba ver dormir a Felicity.

Estaba tumbada boca abajo, con las piernas separadas, casi como un niño. Su respiración era serena y suave, y a veces salía de sus preciosos labios algún ruido que a él se le antojaba delicioso.

Pero ella no era una niña.

Era preciosa, sexy y fantástica, y le hacía sentir cosas que seguro que estaban prohibidas.

Le puso la mano sobre el trasero, y ella se revolvió, murmurando, y después volvió a caer en un sueño profundo. Reed sonrió, y se lo pellizcó un poco. Le encantaba su trasero, y se inclinó para besárselo.

—Hmmm —dijo ella, pero no abrió los ojos.

Él sonrió también y se apartó. La dejaría dormir, así que se levantó y fue al baño a ducharse. Por primera vez en mucho tiempo estaba deseoso de que empezara el día.

Felicity se despertó cuando el sol empezó a darle de pleno en la cara, con la sensación más deliciosa de bienestar. Se estiró como un gato mientras recordaba lo que había pasado el día anterior.

Se sonrojó al recordar que Reed y ella habían hecho dos veces más el amor. Una en el sofá, con las luces apagadas y la salita iluminada por la luz de la luna que entraba por el balcón abierto, y otra en la cama. Esa última vez fue tan lento y tan dulce que Felicity casi lloró de dicha.

Después él la había abrazado por la espalda, muy fuerte, y se quedaron dormidos de ese modo.

¿Pero dónde estaba él? Se preguntó Felicity. ¿En el balcón? ¿En la salita? No oía la televisión… ¿Qué estaría haciendo?

Se levantó y se puso una bata. Su sonrisa desapareció cuando no pudo encontrar a Reed por ningún lado. Entonces vio una nota junto a un jarrón de flores, en una mesita auxiliar.

Felicity:
Me he despertado pronto y he salido a dar un paseo. Espero que estés despierta cuando vuelva y podamos bajar a desayunar para hablar de lo que vamos a hacer hoy.
Hasta ahora.
Te quiere,

Reed.

Te quiere.

Había firmado la nota con un «Te quiere, Reed». Oh, ¿y qué? La gente se decía esas cosas todo el rato, sobre todo en las cartas y los correos electrónicos. Ella también lo hacía todo el tiempo. Además, «te quiere» no es igual que «te quiero».

A pesar del autosermón, fue a ducharse muy sonriente. De repente el día, y toda la semana, parecía lleno de posibilidades.

Sería una semana fantástica; fantástica de verdad.

Pero un miedo diminuto y minúsculo se abría paso a través de la satisfacción sexual y el deseo.

¿Y si a pesar de todas las precauciones de Felicity, Emma se enteraba de aquello?

Eso no iba a pasar, se tranquilizó Felicity. Nadie sabía que estaban allí juntos, y nadie lo sabría.

Reed se tomó su tiempo para volver a la suite, y eran más de las diez y media cuando llegó. Para entonces ya estaba hambriento y esperaba que Felicity estuviera lista para bajar a desayunar.

Cuando entró en la salita la vio apoyada en la barandilla del balcón mirando el mar. Al oírlo entrar se giró y le dedicó una tímida sonrisa.

Reed sintió una oleada de ternura hacía ella. Se dio cuenta de que estaba recordando, igual que él, lo que había pasado la noche anterior.

Cuando se empezaron a acercar el uno al otro, Reed volvió a pensar en lo guapa que ella era. El pelo rubio le brillaba al sol, tan perfectamente despeinado como siempre, con un estilo que a él le parecía muy sexy. Llevaba un top de punto rojo y blanco, pantalón corto a juego y sandalias planas rojas. Pero su atractivo no radicaba en la ropa que llevaba puesta; podía parecer sofisticada por su cuna, competente por su carrera, e incluso fría por las experiencias que había tenido que pasar, pero también era vulnerable, algo que ella trataba de ocultar porque le parecía una debilidad.

Reed lo comprendía, porque para la mayoría de los hombres, también era así, pero Felicity era algo más que eso: por lo que había visto la noche anterior, también era ardiente y apasionada. En pocas palabras, todo lo que un hombre podía pedir en una mujer.

—Hola —dijo él.

—Hola —respondió ella en el mismo tono.

Un segundo más tarde, estaba en sus brazos. Felicity suspiró cuando sus labios se encontraron.

Cuando se separaron, él sonrió y preguntó.

—¿Lista para el desayuno?

—Lista.

El color de sus ojos le recordó al de las hojas en primavera. ¿Y cómo es que nunca se había dado cuenta de esas ligeras pecas sobre la nariz? La hacían más joven y aún más sexy, si tal cosa era posible.

—¿Quieres que llamemos al servicio de habitaciones o bajamos? —preguntó él, intentando no distraerse mirándola, porque en ese caso nunca bajarían a desayunar—. Abajo hay bufé y parece que está bastante bien.

—Perfecto.

Diez minutos más tarde estaban en la cola del bufé.

Cuando acabaron de comer, se entretuvieron tomando otra taza de café, la segunda para ella y la tercera para él.

–Oh, ha estado bien –comentó ella, suspirando–. Si sigo comiendo así toda la semana, no voy a entrar en mi ropa cuando llegue a casa.

–Ya lo arreglaremos –dijo él.

Ella levantó las cejas.

–¿Qué quieres hacer hoy? –preguntó Reed. Él ya sabía lo que quería, pero imaginaba que ella no querría pasarse toda la semana en la cama.

–¿Qué opciones hay?

–Podemos bajar a la piscina o a la playa, o ir en barco a los arrecifes a bucear con snorkel, o ir a pescar… O alquilar un todoterreno e ir a explorar por nuestra cuenta.

–Eso parece divertido. Podemos llevarnos toallas y pedir en la cocina unos sándwiches y bebida, hacer lo que nos apetezca.

Felicity decidió más tarde que aquél había sido uno de los días más perfectos de su vida. El sol, el mar, la brisa que les acariciaba los rostros mientras conducían a lo largo de la costa. Encontraron un lugar bastante escondido entre las dunas sin turistas, y pudieron besarse sin testigos. Incluso hicieron el amor.

Fue increíble. Mucho mejor que en el sueño de Felicity. Estaban metidos en el agua hasta la cintura, saltando en las olas, cuando a ella se le soltó la parte de arriba del bikini. Cuando intentó recuperarla, perdió el equilibrio y se hundió en el agua. Reed, riendo, la sacó y nadó para recuperar la prenda, que se había empezado a alejar. Ella se quedó allí, con los pechos desnudos, y él la miró.

Felicity sintió cómo el pulso se le aceleraba al sentir su mirada. Algo en su interior empezó a arder y un momento después estaba sobre él, besándolo y recibiendo sus besos. Ella nunca imaginó lo increíble que podía ser hacer el amor en el agua cálida, con el sol sobre ellos.

Reed la levantó y entró en ella moviéndose al ritmo que imponía el agua, penetrando con fuerza mientras Felicity echaba la cabeza hacia atrás y se dejaba ir.

Cuando llegó el clímax, fue tan intenso que ella gritó y le clavó las uñas en la espalda. Su respuesta fue tan primitiva como la de ella. Después, Felicity se aferró a él, temblando aún por la fuerza de la respuesta.

Sólo cuando su corazón recuperó el ritmo normal pensó en la parte superior de su bikini, que no se veía por ningún lado. La braga la sentía alrededor de su tobillo derecho, así que se la puso, diciendo:

—He perdido la parte de arriba del bikini.

—No hay nadie que pueda verte —dijo Reed—. Puedes secarte y ponerte la ropa. Yo te rodearé con una toalla si pasa alguien.

Felicity también quería decir que habían olvidado otra cosa. El preservativo. Pero no lo hizo. No serviría de nada preocuparse por eso en aquel momento. Además, estaba en un momento seguro, creía. Tendría el periodo la semana siguiente, así que aún no estar ovulando. «No quiero pensar en eso. Ya habrá tiempo para preocuparse por ello si hay que hacerlo…»

Pero aquello reflejaba cómo Reed la había cautivado hasta el punto de hacer que lo olvidara todo. De repente, una parte del placer de aquel día se esfumó, porque si había algo que Felicity odiaba era perder el control. Y cuando ella perdía no sólo el control, sino también perdía de vista sus objetivos y los arriesgaba, por no hablar de su amistad con Emma, pensaba que tal vez tendría que revalorar las cosas.

Estar con Reed podía ser divertido, pero también peligroso. Estaba jugando con fuego y podía quemarse, y mucho, si no tenía cuidado.

Felicity estuvo muy callada todo el camino de vuelta al hotel y Reed se preguntó en qué estaría pensando. Ella se había quemado un poco los hombros a pesar de haberse puesto crema protectora, y tal vez estuviera incómoda… o cansada.

Sólo esperaba que no estuviera callada porque se arrepintiera de haber hecho el amor. Reed no se arrepentía para nada. Hacer el amor en el agua había sido increíble. Ella era increíble. Lo único que lamentaba era no haber usado preservativo, pero a él se le había olvidado llevarse uno a la excursión, y desde luego no lo hubiera tenido consigo en el agua.

Lo que había ocurrido entre ellos había sido algo espontáneo, un deseo mutuo, que no fue para nada planeado.

Estuvo a punto de decírselo a ella, pero cambió

de idea. Tal vez estuviera haciendo una montaña de un grano de arena y ella estuviera simplemente cansada. Para probar dijo:

–Creo que me vendría bien una siesta. ¿Y a ti?

Ella lo miró por fin. Sus ojos verdes parecían más oscuros, como si escondieran algo.

–Estoy un poco cansada, la verdad.

Bien. Había acertado.

–Prometo dejarte dormir esta vez.

Ella sonrió, pero no fue la respuesta que él esperaba, con algún comentario gracioso.

–Esta noche podíamos cenar pronto, puesto que nos hemos saltado la comida, y ver el espectáculo –el hotel ofrecía dos alternativas de estilo Las Vegas en el teatro a las nueve.

–Suena bien.

«Entonces sonríe como si lo creyeras de verdad». Reed no pudo soportarlo más:

–Felicity, ¿qué pasa?

–¿Qué va a pasar? Nada –dijo ella, como sorprendida.

–Los dos sabemos que eso no es cierto. Llevas muy callada desde que volvimos de la playa.

–Es sólo que estoy cansada, ya te lo he dicho.

–Es algo más que eso –insistió Reed–. ¿Te arrepientes… de haber hecho el amor?

Ella tragó con dificultad y apartó la mirada.

Reed aparcó a un lado de la carretera, apagó el motor y la miró.

–Mírame –le dijo con suavidad.

Lentamente, ella fue girando la cabeza.

Reed se quedó muy sorprendido al ver lágrimas en sus ojos.

—Oye —le dijo con ternura, y le acarició el cuello. Quiso besarla, pero por primera vez, tuvo miedo—. Por favor, dime qué pasa.

Con un gesto irritado, ella se secó las lágrimas.

—Son sólo las hormonas. No me hagas caso.

Reed se sintió completamente perdido; no le pasaba a menudo, pero con las cosas de mujeres a veces se veía desbordado.

—¿Estás segura?

—Completamente —dijo ella, intentando sonreír.

—¿No estás enfadada conmigo?

—No —por fin sus ojos parecieron sonreír—. Pero la próxima vez, mejor asegurarnos de que tenemos preservativos antes de hacer nada, ¿te parece?

—Trato hecho.

Felicity pronto se dio cuenta de que había sido una ilusa al pensar que podría mantener las condiciones de sexo por diversión y sin ataduras que se había impuesto para aquella semana.

«Felicity, asúmelo, tu corazón se está implicando en este asunto. Tal vez sea mejor que pienses lo que estás haciendo».

Si no tenía cuidado, pronto él sabría lo que sentía. ¿Y qué pasaría entonces? Felicity sabía que a pesar de lo que le había dicho sobre que no la usaría para recuperar a Emma, ése tenía que ser uno de los motivos por los que le había pedido que fuera a Cozumel con él. Tal vez él no se diera cuenta, pero era una reacción normal después de ser rechazado, sobre todo para un hombre tan seguro de sí mismo y tan atractivo como Reed.

Así que por eso quería mostrarle a Emma y a todo el mundo que no estaba sufriendo; el que Felicity fuera a Cozumel fue una cura para su ego. Sí, ella sabía que le gustaba, y que disfrutaba del sexo con ella, pero eso era todo.

El le había explicado desde el principio cuáles eran las reglas de la semana: nada de ataduras. Por eso, si se iba a quedar toda la semana con él en México, más le valía acatar esas reglas.

«Libérate de tus emociones. Pon buena cara, disfruta de la comida, del sol y del sexo, pero deja de darle tanta importancia a lo que hace y dice Reed».

Ésos eran los pensamientos que giraban una y otra vez por su cabeza mientras intentaba dormirse. Reed le había dicho medio en broma que le dejaría la cama un par de horas, porque no podía fiarse de sí mismo si compartía cama con ella.

Felicity lamentaba no haberle dado una respuesta ingeniosa, pero cuando se lo dijo, sólo sonrió y asintió agradecida. ¿Dónde estaría él? ¿Tumbado en el sofá? Seguro que no cabía…

Se incorporó y fue al baño. Se lavó la cara, se peinó y fue a la salita. Estaba vacía. Esa vez sí supo dónde buscar: había otra nota en la mesita.

Querida Felicity:

He decidido bajar a ver el partido de los Red Sox al bar. Estaré de vuelta sobre las seis.

La nota estaba firmada «Reed» sin más.

Ni rastro del «te quiere» de la última vez. Bien, así era como lo prefería: las emociones controladas, sin ataduras y sin implicaciones emocionales.

Miró su reloj. Eran las cinco y media. Tenía el tiempo justo para ducharse antes de que él volviera. Estaba a punto de meterse en el baño cuando se dio cuenta de que tenía que comprar una cuchilla para afeitarse las piernas, pues se le había olvidado la suya en casa.

Qué fastidio. Si bajaba a la tienda, no le habría dado tiempo a acabar para cuando él volviera. Bueno, no había opción. Tendría que darse prisa para ir a cenar y llegar al espectáculo a las nueve.

Se puso las sandalias, tomó su bolso y bajó a la recepción. Allí había mucha gente que volvía de la playa o se preparaba para cenar. Había varios autocares con turistas recién llegados, y Felicity tuvo que abrirse paso entre ellos para llegar a la tienda, que estaba justo al otro lado de los ascensores. Por fin llegó, compró la cuchilla y una revista, y salió de la tienda.

—¡Felicity! ¡Hola!

Felicity sintió que se le helaba la sangre en las venas. Intentó no aparentar sorpresa y se giró para encontrarse con Cindy y Josh Pruitt, cuya boda había organizado el año anterior. Oh, Dios mío, pensó.

—¿Qué estás haciendo aquí? —preguntó Cindy, siempre sonriente.

—Estoy de vacaciones —contestó apresuradamente Felicity.

—¿Qué iba a hacer aquí más que eso, Cindy? —rió su marido.

Felicity tragó saliva e intentó tranquilizarse. Los Pruitt no sabían con quién estaba, y aunque lo supieran y la vieran con Reed, no creía que lo conocieran. Después de todo, no vivían en Eastwick, sino en Littlefield, a unos cuarenta kilómetros, y tampoco frecuentaban los mismos círculos.

—¿Estás sola? —preguntó Cindy.

—No, con otra persona —dijo Felicity—. Esto es precioso, ¿verdad?

—Desde luego —dijo Cindy con un suspiro—. No tengo ninguna gana de volver a casa.

—¿Volvéis pronto? —preguntó Felicity, tratando de no parecer ansiosa por conocer la respuesta.

—Mañana por la mañana —respondió Josh—. Hemos venido cuatro días y nos hemos arrepentido de no haber reservado para toda la semana. ¿Hasta cuándo te quedas tú?

—Toda la semana —respondió ella—. Bueno, disfrutad de vuestra última noche aquí. ¿Tenéis algún plan especial?

Cindy sonrió y miró a Josh con cara de adoración, reflejando que aún no se había terminado su luna de miel.

—Vamos a cenar y después al espectáculo.

—Bueno, pasadlo bien. Tengo que irme, me están esperando.

Se despidieron y Felicity fue a toda prisa a los ascensores. De camino a la habitación pensó en cómo podía convencer a Reed de que cambiaran de planes, porque no estaba dispuesta a ir a comer al restaurante y después al espectáculo si había alguna posibilidad de encontrarse con los Pruitt. No se arriesgaría, aunque no vivieran en Eastwick. Si la vieran con Reed tendría que presentárselo y después tal vez le comentaran a alguien que la habían visto en Cozumel, y eso llegara a oídos de personas que no debían saberlo.

Tendría que esconderse hasta la mañana siguiente.

Cuando entró en la suite, vio que Reed estaba sirviéndose una copa de vino del bar.

—Aquí estás —dijo él—. ¿Quieres un poco?

—Claro —dejó sus compras sobre la mesa y fue hacia él. Reed le pasó la copa y ella puso en marcha su plan—. Reed, ¿te importaría mucho que pidiéramos la cena en la habitación y dejáramos lo del espectáculo para otro día?

Por un momento, él pareció sorprendido. Sus ojos la miraron interrogantes.

—¿Qué ocurre? ¿No te encuentras bien?

—No es eso. Cuando he bajado a la tienda me he encontrado con unos conocidos.

—¿En serio? ¿Con quién? ¿Los conozco?

—No creo. Son una pareja de cuya boda me ocupé el año pasado. Viven en Littlefield. Cindy y Josh Pruitt.

—No, creo que no los conozco.

—Bueno, les dije que estaba aquí con otra persona, pero nada más, y no quiero que sepan quién es esa persona. Bueno, ya sabes a qué me refiero –frunció el ceño–. No puedo arriesgarme a que le digan algo a alguien y esa información llegue a Eastwick.

–Comprendo.

–No me mires así, Reed.

Él se encogió de hombros.

–Es sólo que creo que te preocupas por nada. Felicity, por Dios, si Emma lo supiera, le daría igual. No le importaría; no es como si ella mi quisiera y tú te hubieras metido entre nosotros.

–Tal vez no le importe, pero no quiero que se entere de esto por otra persona. Si tiene que enterarse, seré yo quien se lo diga. Pero no tiene que saberlo, en realidad. No le aportaría nada. Además, acordamos que sería sólo una semana de sol y diversión. Sin ataduras, ¿no?

Él no respondió por un segundo, y después digo.

–Oh, de acuerdo, Felicity. Tú ganas. Nos quedaremos aquí esta noche, pero ¿qué pasará el resto de la semana?

–El resto de la semana podemos hacer lo que queramos. Los Pruitt se van mañana por la mañana.

Reed apuró la copa y la dejó sobre la barra.

–De acuerdo. Iré a ducharme. Mientras tú podrías echar un vistazo a la carta del servicio de habitaciones y decidir qué te apetece tomar.

Ella dejó su copa al lado de la de Reed y dijo en voz baja.

–Tengo una idea mejor –ya que estaba, podrían

hacer el amor todo lo que pudieran en esa semana, puesto que después ella se pasaría bastante tiempo sin probarlo–. ¿Por qué no voy a ducharme contigo?

Los labios de Reed dibujaron lentamente una sonrisa.

–Tienes razón, esa idea es mucho mejor.

Capítulo Ocho

Reed decidió que aquello tenía que ser un sueño.

No podía estar de verdad de rodillas frente a Felicity enjabonándola entre las piernas mientras el agua de la ducha corría sobre ellos.

Cuando acabó con las piernas, hundió la cara en su vello rubio, tan tentador. Él sabía que a ella le gustaba que explorara sus secretos con la lengua. Sentía cómo se ponía tensa, cómo se le entrecortaba la respiración, y su placer lo excitaba muchísimo y hacía que la deseara aún más.

Pero le gustaba esperar. Le gustaba llevarla hasta el punto en que Felicity perdía el control y dejaba libres sus pasiones, pues si había aprendido algo de Felicity en los últimos días era que tener las riendas de todo lo que ocurría a su alrededor era algo de máxima importancia para ella.

—Oh —gimió ella cuando él empezó a rodear con la lengua su suave centro.

—¿Te gusta? —preguntó, retirándose para poder mirarla a la cara.

—Sí, sí —jadeó—. Oh, sí.

—¿Y esto?

–Sí, sí… por favor, no pares.

Pero él lo hizo, porque sabía que cuanto más la excitase, más intenso sería su orgasmo. Por eso siguió provocándola, frotándose contra ella, contra su centro hasta que ella empezó casi a sollozar.

Sólo entonces volvió él a ella con la lengua, lamiendo con fuerza, hasta que pocos segundos después sintió que ella empezaba a estremecerse. Cuando los temblores terminaron, se levantó para atrapar su boca.

Ella lo rodeó con las piernas, se apartó y exclamó.

–¡Tómame ya!

Él la penetró con fuerza. Felicity le agarró el pelo mientras su cuerpo lo buscaba. Cuando llegó el clímax para Reed, su intensidad le pilló por sorpresa, y se agarró con fuerza a ella hasta que quedó exhausto y con el corazón acelerado.

Después, agotados, se lavaron el uno al otro y se secaron con las suaves toallas del hotel.

No se dijeron nada, pero sus ojos se encontraron en varias ocasiones y sonrieron. Reed deseó poder decir todo lo que sentía, pero sabía que sería un terrible error el agobiar a Felicity.

Además, se recordó a sí mismo, él ya se había equivocado una vez. «Nada de ataduras. Eso es lo que le dijiste, así que tómate las cosas con calma. Disfruta de esta semana y ya veremos qué pasa cuando estemos de vuelta en Eastwick».

–¿Llamamos ahora al servicio de habitaciones? –preguntó él mirando cómo Felicity se peinaba. Incluso con la cara lavada estaba preciosa.

–Me comería una vaca –dijo ella, mirándolo en el espejo y sonriendo.

–Yo también. Vamos a ver ese menú.

La luz del atardecer iluminaba suavemente la salita, y entonces Reed deseó no haber hecho nunca la estúpida promesa de que aquello no fuera más que una aventura sin ataduras, porque lo que más deseaba en aquel momento era atar a Felicity Farnsworth a su lado y no dejarla marchar nunca.

Al demonio con lo de ir despacio.

El problema con el corazón era que no siempre se comportaba como su dueño quería, pensó Felicity unos días después. Era como si pudiera tomar sus propias decisiones, y el suyo, en aquel momento, no quería escucharla. Podía repetirle a gritos una y otra vez que no quería nada con Reed, pero al final, ya había creado algo, y el negarlo no servía de nada.

Felicity suspiró. ¡No podría mantener lo de la relación sin ataduras! Al menos Reed no sabía lo que ella sentía, y ella estaba decidida a que nunca lo hiciera.

Aunque muriera en el intento.

–¿En qué piensas? –le dijo él. El sol se reflejaba en su pelo castaño y sus ojos parecían más oscuros.

–En nada especial –respondió ella, sonriendo. Estaba cubierta de crema solar, echada junto a él en una tumbona junto a la piscina.

Habían tomado un abundante desayuno y habían ido directamente a la piscina para pasar allí la mayor parte de la mañana.

–Hay una cosa que quiero preguntarte –le dijo él con voz perezosa volviéndose hacia ella.

–¿El qué?

–¿Por qué siempre llevas horquillas con mariposas en el pelo?

Felicity se llevó la mano a la cabeza para tocar el pasador de plástico turquesa, a juego con su bikini.

–A mi abuela le gustaban mucho las mariposas, y me enseñaba sus nombres cuando era pequeña. En el jardín plantaba arbustos y flores que las atraían para observarlas conmigo –Felicity dudó, y pensó que Reed no jugaría con algo tan importante para ella–. Son uno de mis recuerdos de niñez más bonitos.

Él pareció comprender que había algo más y no dijo nada.

–Mi abuela paterna era mi ídolo –Felicity tragó saliva, pues le costaba hablar de ella, aunque la había perdido hacía muchos años–. Era una persona muy culta, amable, justa y siempre se podía confiar en ella. Siempre supe que no me traicionaría nunca.

–Los niños necesitan una figura así –asintió Reed.

–Sí –Felicity logró controlar sus emociones y sonrió–. Bueno, será una tontería, pero las mariposas es mi pequeño homenaje a ella.

–No es una tontería –dijo él en voz baja.

–Cuando murió me dejó un precioso broche de diamantes en forma de mariposa. Era antiguo y muy valioso, aunque lo que costara no era lo más importante para mí. Lo importante era que el broche era suyo; una vez me dijo que era su posesión más querida –miró a Reed–. Sam lo empeñó.

–Lo empeñó –repitió Reed, incapaz de decir nada más.

–Sí. Ya se había gastado todo mi dinero, aunque yo no lo sabía en ese momento, y estaba desesperado. Sus deudas de juego cada vez eran más cuantiosas, y no tenía dinero para pagarlas.

–¿Así que perdiste el broche?

–No. Me las apañé para recuperarlo. Vendí todas mis joyas, todo lo que él no se había llevado ya: mi alianza, mi anillo de compromiso, los de mi madre y unas acciones que Sam no sabía que tenía.

–Cielos, vaya impresentable.

Esa frase lo decía todo. Felicity no pudo evitar pensar que si se hubiera casado con alguien como Reed, las cosas habrían sido muy distintas. Tal vez ya tuviera entre dos y cinco niños, un perro, un gato y, por supuesto, caballos.

Pero no tendría su empresa. Y aunque a veces se preguntaba por qué había elegido trabajar en algo donde las emociones de la gente tenían tanta importancia, le encantaba su trabajo y estaba orgullosa de su éxito.

«Nadie lo tiene todo…»

–La semana ha pasado volando –dijo Reed.

–Sí –era sábado. Felicity llevaba cinco días en Cozumel. Al día siguiente por la tarde estarían de camino a casa y el lunes ella volvería al trabajo; enton-

108

ces los días que había pasado con Reed serían sólo parte del recuerdo.

La tristeza la envolvió. Le sería muy difícil renunciar a lo que había tenido allí, pero tenía que hacerlo, porque no era el tipo de mujer que Reed quería de forma permanente. Para eso preferiría a alguien más dulce, más conservador, que le gustara estar con niños, como a Emma, y que siempre lo pusiera a él por delante de su carrera.

Y Felicity ya no era así.

Felicity era más lobo que cordero, y no volvería a dejar que ningún hombre tomara las riendas de su vida.

«Ni siquiera Reed».

Pero como él no quería, su decisión no iba a ningún lado.

Los días que habían pasado juntos habían sido lo más cercano al paraíso. Se lo habían pasado bien, habían charlado, reído, buceado y pescado juntos. Habían comido montañas de gambas, vieiras y cangrejos, habían bebido todo tipo de cócteles y habían bailado hasta tener dolor de pies.

Al recordar el sexo, ella sonrió de satisfacción. Nunca se había sentido tan bien y tan saciada en toda su vida.

–¿En qué estás pensando ahora? –preguntó Reed, besándola suavemente en la oreja.

Ella se giró. Estaba a unos pocos centímetros de él y su respiración se aceleró. Cielos, ¿es que nunca iba a dejar de tener ese efecto sobre ella?

–Estaba pensando en ti.

–Vamos a la habitación –le susurró él.

–Eres insaciable –le dijo ella, riendo, aunque no se sentía alegre. Pero su cuerpo empezaba a arder…

–No puedo evitarlo. Eres demasiado tentadora.

–Bueno, de acuerdo –dijo ella, haciendo como si fuera un gran esfuerzo, pero no consiguió engañarlo.

Volvieron de la mano a la habitación y Felicity sólo podía pensar en cómo él había desatado todos esos deseos ocultos que ella tenía dentro, en cómo la había hecho suplicar más y más…

Nadie que conociera a Felicity Farnsworth en el ámbito profesional se hubiera podido imaginar a aquella mujer ardiente, abandonada y ansiosa de disfrutar de lo que Reed tenía para ofrecerle. Apenas habían entrado cuando ya se empezaron a quitar los bañadores el uno al otro. No llegaron a la cama; hicieron el amor en el suelo de la salita, con Felicity arriba, en una posición que le daba los orgasmos más intensos, y no sólo por lo mucho que podía penetrarla él así, sino porque podía verlo mirándola y ver la reacción de su cuerpo cuando él la acariciaba los pechos o su otro punto de placer.

Después se ducharon y Felicity fue a echarse la siesta para estar más fresca por la noche. Sabía que Reed había preparado una velada especial, puesto que sería la última que pasaran allí.

–Yo no estoy cansado –le dijo él cuando ella le explicó sus planes–. Pero tú acuéstate. Yo bajaré a jugar un partido de tenis –había descubierto que siempre había alguien disponible para jugar, e incluso había hecho amistad con algunos hombres.

–De acuerdo. ¿A qué hora quieres bajar a cenar esta noche?

Él miró su reloj.

–Son las dos. He reservado para las ocho, así que deberíamos salir de aquí a las siete y media. Volveré sobre las seis y media para ducharme.

–Yo ya estaré lista para entonces –Felicity le dio un beso de despedida y él se marchó.

Envuelta en el albornoz, se dejó caer sobre la cama y el efecto del sol, el cóctel y el sexo pronto la adormeció. Soñó que estaba con Reed en una isla desierta, pero algo la sacó bruscamente de su sueño. Tardó unos segundos en darse cuenta de que era el teléfono. Aún adormecida, contestó, esperando oír la voz de Reed.

–¿Sí? –dijo, soñolienta.

Nadie contestó.

–¿Sí? –repitió con más firmeza–. ¿Quién es?

–Lo siento –dijo una voz masculina. Una voz masculina familiar–. Deben haberse equivocado de habitación. Buscaba a Reed Kelly.

Felicity sintió que el corazón le iba a explotar. Ya comprendía por qué le sonaba familiar la voz… era Max Weldon. El pánico hizo presa de ella y fue incapaz de articular palabra.

Por fin logró balbucear:

–No es nada –la mano le temblaba mientras colgaba el auricular.

¿Habría reconocido Max su voz?

¿Volvería a llamar?

Por supuesto, el teléfono volvió a sonar. Felicity se quedó mirándolo y contando los tonos.

Dos. Tres. Seis.

Por fin paró de sonar y la luz roja del contestador empezó a parpadear mostrando que habían dejado un mensaje.

Aún paralizada por el miedo, Felicity se sentó en la cama e intentó calmarse.

¿A qué estaba jugando?

Ya lo sabía. Estaba jugando con ello, con fuego, y sabía lo peligroso que era, pero había seguido adelante.

–¿Y por qué?

Por un sexo increíble y por un puñado de bonitos recuerdos, pero por increíble que fuera el sexo, se acabaría al día siguiente de todos modos. Y los recuerdos… ¿compensarían el perder la amistad de Emma?

Lo cierto era que si Reed la amaba, y Felicity pensara que tenían un futuro juntos, lo arriesgaría todo por ello. Se acababa de dar cuenta de ello, pero él no la amaba. Si lo hiciera, ya se lo habría dicho; había tenido miles de oportunidades y no lo había hecho. Le había dicho que era increíble, que el sexo con ella era fantástico y que lo pasaban bien juntos, pero no que la amara.

Reed había sido honesto con ella desde el principio; le dijo que aquella semana sería para pasarlo bien y divertirse. Sólo eso.

De repente, dejó de sentir el pánico. Aunque a Max le hubiera resultado familiar su voz, no habría pensado que ella estaba allí con él. Tragó saliva al recordar que Max la había visto salir a toda prisa de las cuadras después de que Reed la besara la primera vez. Ella sabía que se había preguntado si habría pasado algo, porque ella estaba roja de vergüenza. ¿Y si recordaba aquello entonces? ¿Y si ataba cabos?

Pero aunque lo hiciera, Max no era un chismoso. Además, él le tenía cariño y Felicity lo sabía. De hecho, se sentía como un padre o un hermano mayor para ella, en parte por la amistad que lo unió al padre de Felicity y en parte, porque la conocía de niña.

«Max no me delatará. No haría nada que nos perjudicara a mí o a Reed».

Así que mientras Reed mantuviese su promesa de no contarle nada a nadie de aquellas vacaciones, y ella estaba segura de que no le fallaría, no tenía nada de qué preocuparse.

Pero mientras se decía todo eso, sintió una enorme tristeza. Tal vez Max o Reed no quisieran hacerle daño, pero ella sí se estaba haciendo daño a sí misma. Y cuanto más tiempo se quedara allí, más sufriría.

«Tengo que marcharme de aquí…»

Sabía que Reed no lo había hecho a propósito, pero lo cierto era que la estaba usando igual que lo hizo Sam. El que ella estuviera también usándolo a él, no venía al caso. Tenía que enfrentarse a la realidad: cuanto más tiempo se quedara allí, más le dolería el momento de marcharse a casa. Y volver con Reed… pasar un montón de horas juntos en el avión cuando al llegar a Eastwick cada uno se iría por su lado… sabía que no sería capaz de soportarlo.

¿Y qué pasaría cuando volvieran a casa? ¿Se darían la mano, ha estado bien, ya nos veremos?

No, no lo soportaría. Tal vez hiciera alguna estupidez como echarse a llorar. Y entonces Reed se sentiría incómodo. Oh, cielos. No podía ni pensar en ello. Lo mejor que podía hacer era marcharse sin hacer ruido en ese preciso momento.

Una vez tomada la decisión, se puso en pie. Eran las cuatro. Aunque Reed no volvería hasta las seis y media, tenía que darse prisa para ir con tiempo.

Gracias a Dios que tenía su billete de vuelta. Imaginaba que para poder salir un día antes, sólo tendría que pagar un poco más, igual que había hecho para ir.

A las cinco ya había hecho las maletas, se había puesto unos pantalones caqui, una camiseta de punto y unos mocasines negros, y veinte minutos más tarde ya estaba en un taxi camino del aeropuerto de Cozumel.

Con los ojos llenos de lágrimas, no miró atrás.

Reed acababa de terminar tres partidos de tenis y se sentía estupendamente. De hecho, no podía recordar un momento de su vida en que hubiera estado mejor. Sabía que el sol, la buena comida y el agua tenían algo que ver en todo aquello, pero la principal razón era Felicity.

Ella no dejaba de sorprenderlo, revelando su personalidad poco a poco. Cuando le habló de su abuela y del broche en forma de mariposa se dio cuenta de lo mucho que había tenido que luchar en la vida y de lo valiente que era. Su vida había sido un camino de rosas comparada con la de ella.

—Reed, ¿quieres venir a cenar con Jenny y conmigo esta noche?

—Gracias, Brad —le dijo Reed a su compañero de tenis—, pero tenemos una reserva en la mesa diecisiete —y había tenido suerte al conseguirla, pues el restaurante había abierto recientemente y tenía mucho público.

Reed se despidió de Brad y subió a la habitación. Lo primero que vio fue la luz roja de aviso de mensaje en el teléfono.

—Felicity, ya he vuelto —dijo en voz alta, pensando que estaría en el baño. Después fue al teléfono y apretó el botón del contestador.

—Reed —oyó—. Soy Max. Ya sé que estás de vacaciones, y siento molestarte, pero es sólo una pregunta rápida. Llámame cuando puedas.

Apenas unos minutos más tarde, Reed estaba al teléfono con Max

—Max, ¿qué pasa?

—¿Te acuerdas de Hugo Manchester? —preguntó Max.

—¿El británico que vino a visitar Rosedale el otoño pasado?

—Ese mismo.

—¿Qué le pasa?

—Ha llamado hoy. Parece que se vuelve a su país el mes que viene. Quería saber si estamos interesados en comprar sus cuadras.

Reed pensó con rapidez. Manchester tenía algunos caballos muy buenos, sobre todo un semental del que Reed se enamoró nada más verlo.

–¿Cuánto quiere?

Max dijo la cifra y Reed silbó.

–No creo que podamos subir tanto. ¿No está dispuesto a vender por lotes?

–Se lo pregunté. Suponía que estarías interesado en Sir James, pero Manchester dice que o todo o nada.

–Vaya –masculló Reed–. Bueno, llámalo y dile que necesitamos una semana para decidirnos.

–De acuerdo.

–¿Algo más?

–Hum… Sólo una cosa. Cuando te llamé, la operadora me puso con tu habitación, pero contestó una mujer y pensé que se habrían equivocado al ponerme.

Reed se quedó helado. «Mierda».

–¿Y? –dijo con cautela.

–Me disculpé, volví a llamar y nadie contestó. El caso es que la operadora me aseguró que no se había equivocado la primera vez, y que la mujer que contestó debía ser la «señora Kelly».

Reed sabía lo que estaba por venir. No le gustaban las mentiras, pero no tenía opción.

–De acuerdo, me has pillado. No estoy solo.

–Bueno, eso ya me lo imaginaba. Pero… no es eso lo que me inquiera. La mujer que contestó… su voz me resultó familiar. Y cuanto más pienso en esa voz, más pienso que era Felicity.

–¿Felicity? ¿Quieres decir Felicity Farnsworth?

–La misma.

Cielos, ¿qué podía hacer?

–Y esto es lo que pienso, jefe –continuó Max, sin darle tregua–. Sé que puedes decirme que no me meta en los asuntos de los demás, pero dejémoslo en que era Felicity la que ha respondido. No sé si lo sabes, pero su padre era muy amigo mío, y a ella le tengo mucho cariño. Lo ha pasado mal: perdió a sus padres y después tuvo ese desgraciado de marido que se comportaba como si no estuviese casado con ella, liándose con todas las faldas que pasaban, por no hablar de lo que le robó. Por eso no quiero que sufra. Por «nadie».

Capítulo Nueve

Reed se quedó mirando el teléfono. Si eso se lo hubiera dicho cualquier otra persona, no se habría quedado callado, pero a Max lo respetaba, y quería tener su respeto.

–Yo tampoco quiero que sufra –dijo por fin.

–Bien. Eso está bien. Me alegro de que nos entendamos. Bueno, jefe, te dejo. Te veré el lunes.

–Sí, el lunes –repitió él.

Después de colgar el teléfono, no fue directamente a buscar a Felicity. En vez de eso, se quedó un rato allí pensativo, repasando lo que Max le había dicho. La proposición de Hugo Manchester, algo que él hubiera considerado prioritario en otras circunstancias, no fue lo primero en lo que pensó, sino en lo que Max le había dicho sobre Felicity.

Maldición. Reed deseó haber estado en la suite cuando Max llamó por primera vez, porque lo último que quería era que la llamada disgustara a Felicity. No quería que se preocupara por Max, porque estaba claro que él no iba a extender ningún rumor. Por lo que había dicho, deseaba proteger a Felicity tanto como él.

Bueno, pronto sabría cómo se sentía ella. Al entrar en la habitación, esperaba ver la puerta del baño cerrada, pero la encontró abierta. Frunció el ceño.

—¿Felicity?

Silencio.

¿Dónde estaba? Volvió al baño, miró a su alrededor, después a la habitación, la salita, el balcón… ¿Habría bajado a la tienda a comprar algo?

Bueno, eran casi las seis y media, y ésa era la hora a la que habían quedado, así que enseguida volvería. Sería mejor que se metiera a la ducha, así que fue a buscar ropa interior limpia al cajón y volvió al baño. Se duchó rápidamente y cuando salió, fue a lavarse los dientes. Fue entonces cuando se dio cuenta de que el cepillo de Felicity no estaba allí. Frunció el ceño y miró a su alrededor. Sintió un terrible nudo en el estómago al ver que no sólo faltaba su cepillo de dientes, sino también su crema facial, su perfume, su maquillaje… no había nada suyo. Fue inmediatamente al armario. La ropa de Felicity no estaba allí; de las perchas no colgaban más que sus chaquetas, sus camisas y sus pantalones.

Reed se vistió a toda prisa y bajó a recepción.

Quince minutos más tarde, frustrado, enfadado y sintiéndose completamente impotente, Reed se disculpó por haberle gritado al recepcionista cuando éste le dijo que no tenía ni idea de cuándo se había marchado la señora Kelly del hotel.

El único que supo responder a las preguntas de Reed fue el botones, que le informó de que Felicity se había marchado hacía una hora y media. Para entonces ya habría llegado al aeropuerto y conseguido vuelo a casa. Pensó en llamar a la compañía aérea, pero luego descartó la idea. Si ella quería marcharse, lo mejor sería dejarla ir, pero aquello no sería el fin de lo suyo, pues lo primero que iba a hacer en cuanto llegara a casa al día siguiente, sería ir a ver a Felicity, quisiera ella o no.

Felicity se sentía agotada cuando la limusina la dejó frente a su casa. Eran las dos de la mañana, y excepto por las farolas, el barrio estaba a oscuras. Todo el mundo estaba en la cama, que era donde ella estaría en breve.

El domingo por la mañana no se despertó hasta casi las once. Reed debía estar saliendo en dirección al aeropuerto en ese momento. Se preguntó qué habría sentido al ver que ella se había marchado la tarde anterior... ¿Se habría sentido dolido, o más bien enfadado?

Una vez superado el ataque de pánico, se sentía mal. Debía haberle dejado al menos una nota, sobre todo teniendo en cuenta la amabilidad con que la había tratado él. Por otro lado, marcharse había sido lo mejor que podía hacer. De ese modo él tendría peor opinión de ella, y las cosas serían más fáciles.

Después de todo, Felicity y Reed, como pareja, pertenecían al pasado.

A partir de entonces, toda su relación sería estrictamente profesional. Y una vez pasada la boda Newhouse, Felicity podría permitirse simplemente esquivar a Reed.

Se dijo a sí misma que estaba bien.

La experiencia había sido buena…

Y si se daba cuenta de que se estaba mintiendo a sí misma, no lo admitió.

Reed no sabía si llamar a Felicity nada más bajar del avión. Aún estaba dándole vueltas al asunto cuando llegó a las afueras de Eastwick, pero cuando llegó al cruce que debía tomar para ir a Rosedale, giró impulsivamente hacia el norte.

Sabía que ésa era la zona donde vivía Felicity. Una vez pasó por allí con Emma y ella le señaló los apartamentos en los que ella vivía. Sacó el móvil del bolsillo, llamó a información y consiguió su dirección.

Aún no estaba seguro de qué haría cuando llegara, pero por algún motivo, para él era importante consolarla lo antes posible del enfado que debía sentir.

Después de aparcar frente a los bloques de apartamentos, caminó hacia su puerta. Las persianas estaban cerradas, así que era imposible ver si ella estaba en casa.

Reed llamó al timbre. Nada. Volvió a llamar, esta vez también a la puerta mientras gritaba su nombre.

–¡Felicity! ¡Soy Reed!

Nada.

Miró por la mirilla. ¿Estaría allí? Tal vez estuviera mirándolo en ese momento, pero era imposible saberlo. Decidió ir al aparcamiento a ver si estaba su todoterreno, pero cuando se marchaba se dio cuenta de que cada casa tenía su garaje privado, y que el suyo estaba cerrado y no tenía ventanas.

Maldición.

Estaba seguro de que estaba en casa y que no quería abrirle. Bueno, no podría seguir evitándole para siempre. Sabía que estaría allí al día siguiente por la mañana, así que allí estaría él también.

Menos mal que se había ido.

Felicity sabía lo ridículo que era sentirse tan nerviosa por la aparición de Reed en su puerta. Se sintió muy mal por fingir que no estaba, pero ¿qué otra cosa podía hacer? Sabía que si le veía, no la dejaría mantener su decisión, porque frente a él, ella era débil y perdía la cordura.

Aquello era mucho más seguro.

Mucho más, pero no podía seguir escondiéndose de él para siempre. Si quería verla, al final la encontraría, así que sería mejor que estuviera preparada.

—¡Oh, menos mal que has vuelto!

—¿Qué ha pasado? —eran las ocho de la mañana del lunes y Felicity acababa de entrar por la puerta.

Rita se estrujaba las manos.

—Portia Newhouse ha roto su compromiso.

—Estás de broma, ¿no?

—Ojalá.

La mente de Felicity se puso en marcha con rapidez. Faltaban menos de dos semanas para que se celebrase la boda y ya estaba todo preparado. Pensó en el espectacular vestido de Vera Wang diseñado para Portia, y en los de las damas de honor, con encaje importado de Bruselas, las tres empresas de cátering, los floristas a los que habían encargado orquídeas por valor de una fortuna, las carpas, mesas y sillas de alquiler, los manteles especiales, al igual que la vajilla de porcelana, la cubertería de plata y la cristalería de Bohemia... los cientos y cientos de regalos, los camareros, músicos, Bo...

Los proveedores habían sido contratados meses antes. Se celebrara la boda o no, tendrían que ser compensados. Sería una pesadilla.

—¿Cuándo ocurrió...?

—El jueves. No sabía cómo localizarte...

Felicity sintió el dolor de cabeza que se le avecinaba. Lo único que le faltaba era que los Pruitt le contaran a todo el mundo que la habían visto en Cozumel.

—¿Por dónde vas con las cancelaciones?

—No he hecho nada aún. No sé qué hacer. No sé si debo cancelar, vamos, que puede que lo arreglen...

—¿Entonces Portia y Corky se han peleado?

—Eso parece. Madeline no me dio detalles. Lo cierto es que estaba furiosa cuando me lo dijo. Apenas podía contenerse, y cuando le dije que estarías fuera toda la semana, me colgó el teléfono.

Felicity cerró los ojos. ¿Por qué tenía que pasarle eso a ella? ¿Es que no era suficiente que tuviera roto el corazón y su vida fuera un desastre? ¿Es que también tenía que soportar el caos en el trabajo? Respirando con dificultad, abrió los ojos y miró a Rita.

–Te habrá dicho lo que quiere que hagamos.

Rita hizo una mueca.

–Pues no. Lo siento, Felicity. Tendría que haberme encargado mejor de todo esto –parecía a punto de echarse a llorar.

No era propio de Rita perder la calma de ese modo, pero Madeline Newhouse no era una cliente cualquiera. No le gustaba nada que le hicieran preguntas y siempre miraba a los demás como si fueran imbéciles por no poder leerle la mente. Felicity comprendía a su ayudante; se sentó a la mesa y apoyó la cabeza en las manos.

–Bienvenida a casa –murmuró.

–¿Dónde estuviste? –preguntó Rita.

–En Nuevo México, en un lugar llamado La Campana de Plata.

–¿En serio? ¿Por qué ahí?

Felicity se encogió de hombros.

–Lo encontré por internet, y reservé en un arrebato –menos mal que se había acordado de buscar un sitio del que hablarle a la gente como si hubiera estado allí.

–Bueno –dijo Rita–, luego tienes que contármelo todo, pero ahora tengo que ocuparme de ciertas cosas.

–De acuerdo. Yo llamaré a Madeline, supongo.

Cuando Felicity llamó a casa de los Newhouse, le informaron brevemente que la señora Newhouse no aceptaba llamadas.

–Tengo que hablar con ella –dijo Felicity–. Por favor, dígale que soy Felicity Farnsworth y que llamo en referencia a la boda.

–Lo siento, señorita Farnsworth –dijo la mujer que había contestado al teléfono–. La señora Newhouse ha dejado órdenes explícitas, pero puedo pasarle con su secretaria, Alicia Delgado.

Felicity golpeó el suelo impaciente con sus Jimmy Choo destalonados hasta que Alicia respondió.

–Lo siento, Felicity, no sé qué decirte –respondió Alicia.

–Bueno, te habrá dicho lo que quiere, ¿no? No puedo esperar al último minuto para cancelarlo todo. Ya va a costar una fortuna.

–Se niega a hablar de la boda –dijo Alicia con voz avergonzada.

Felicity cerró los ojos. Estas estrellas… o más bien las esposas de las estrellas. Y estas novias ricas, mimadas e idiotas. No le extrañaba que la mitad de los matrimonios terminaran en divorcio. Estaban condenados desde el principio. Pero Felicity no dejó que su frustración se notara en la conversación con Alicia. La secretaria ya sonaba bastante agobiada de por sí; después de todo, tenía que estar junto a Madeline Newhouse todo el día.

–Al menos dile que he llamado –dijo Felicity–. Y que tengo que saber qué es lo que quiere.

–Lo intentaré –dijo Alicia.

–¿Y Portia?

–Se ha ido. Creo que a París.

Felicity se sentó a pensar. No tenía opción; no

podía quedarse quieta esperando a que Madeline le dijera lo que tenía que hacer. Tenía que advertir a sus proveedores. Menos mal que ella no se había encargado de gestionar el vestido de novia y los de las damas de honor. Una cosa menos.

Rita y ella se pasaron las dos horas siguientes llamando a todo el mundo para explicarles que probablemente la boda no se celebraría y que prepararan la factura con los gastos ocasionados.

–Bueno, creo que ya hemos llamado a todo el mundo –dijo Felicity por fin.

–Hum… no a todo el mundo –repuso Rita.

Felicity frunció el ceño.

–¿Qué quieres decir? ¿De quién nos hemos olvidado?

–Aún hay que llamar a Reed Kelly por lo de las fotos en Rosedale.

Felicity esperó que su rostro no la traicionara al oír su nombre.

–Hum… creo que esperaré para llamarlo a él. Si, por algún extraño milagro, Portia cambia de idea, no creo que vuelva a darnos permiso para hacer las fotos en la finca.

Rita asintió.

–Probablemente tengas razón.

En ese momento sonó el teléfono y Felicity se alegró, porque no quería hablar de nada que estuviera ni remotamente relacionado con Reed. Tenía miedo de, si lo hacía, revelar más de lo que quería.

–¿Felicity?

Felicity dio un respingo.

–Perdona, no quería asustarte. Soy Emma.

Felicity esperó a que Rita hubiera vuelto a su despacho para contestar.

–¿Emma?

–Hola. ¿Qué tal el viaje?

Por un momento, Felicity pensó que Emma sabía lo de Cozumel, pero entonces se dio cuenta de que Emma pensaba, como todo el mundo, que había estado en un spa.

–Muy bien. Me ha venido estupendamente.

–Me imagino. Llevas dos años trabajando sin descanso.

La amable respuesta de Emma hizo que Felicity se sintiera aún más culpable.

–¿Dónde fuiste? ¿Al Serendipity?

–Hum, no. Como fue una decisión de último momento, estaba todo lleno y fui a un sitio en Nuevo México llamado La Campana de Plata.

–¿En Santa Fe?

–No, más al norte –oh, cómo odiaba decirle mentiras.

–Bueno, espero que hayas podido descansar y te sientas una mujer nueva.

–Pues sí. Además, me he puesto morena.

–¡Muy bien! Estoy deseando verte. ¿Quedamos para comer la semana que viene?

–¿Tú y yo o con las demás?

–Casi mejor nosotras dos, y así hablamos más tranquilas.

Quedaron un día a una hora y Emma se despidió pues tenía clientes en la galería de arte.

Cuando colgó, Felicity se quedó mirando al infinito.

¿Sospecharía Emma algo?

Felicity se dio cuenta de que estaba siendo una paranoica, pero no podía evitarlo. ¿Qué querría decir con lo de ponerse al día?

Aún no había acabado de digerir su charla con Emma, cuando volvió a sonar el teléfono. Era Alicia Delgado.

–¿Felicity? Madeline ha dicho que lo canceléis todo. La boda no se celebrará definitivamente. También ha dicho que no os preocupéis por el dinero, que ya imagina que tendrá que pagarlo todo de todos modos.

–¿Cómo has logrado ese milagro, Alicia?

Alicia rió y bajó la voz.

–Ha sido cosa de Alex.

–Ah, bueno, gracias.

Felicity se preguntó si habría algo en el ambiente… Todas las novias se repetían últimamente: primero Emma y luego Portia. Decididamente, tenía que sacar a Reed de su mente y acabar con aquello. Era hora de seguir adelante; sólo esperaba que Emma no supiese nunca dónde había estado ella la última semana.

Eran más de las once cuando Reed pudo salir hacia la oficina de Felicity. Le hubiera gustado ir allí antes, pero tenía muchas cosas pendientes en Rosedale y no le parecía justo dejárselo todo a Max después de lo que había tenido que trabajar la semana anterior. Max no habría protestado, pero sí hubiera levantado las cejas preguntándose qué estaba pasando.

Cuando aparcó en el aparcamiento frente a la oficina, se quedó muy aliviado al ver su todoterreno plateado. No estaba seguro de cómo iba a llevar aquello. El sábado se enfadó mucho cuando vio que ella se había marchado de Cozumel sin dejarle siquiera una nota, pero su rabia había desaparecido ya. Se dio cuenta de que Felicity se había asustado, y el que no tuviera que temer que se supiera nada por Max o por él, no importaba.

Cuando abrió la puerta de su oficina, Rita y ella, estaban hablando de algo importante frente a una mesa. Las dos se giraron al oír el ruido de la puerta. Rita esbozó una sonrisa dudosa, ¿qué era aquello?, y a Felicity se le heló la expresión.

—H-hola, Reed —dijo.

—Hola. ¿Tienes unos minutos? Tengo que hablarte de un asunto —aquello lo dijo por Rita.

—Me iré a mi oficina —dijo Rita llena de curiosidad.

Cuando ella se hubo ido, cerraron la puerta y se quedaron mirándose.

—Reed, yo… —dijo Felicity.

—¿Por qué te marchaste? —preguntó Reed.

Se quedaron mirándose en medio del silencio.

—¿Qué ibas a decir? —ofreció Reed.

—Que siento haberme marchado sin despedirme —dijo ella en voz baja.

—¿Qué pasó?

—Hum… no puedo hablar aquí –miró la puerta cerrada de Rita y su voz se transformó en un susurro.

—Vamos a tomar una taza de café.

—No puedo. Tengo una cita a las once y media. Llegarán en cualquier momento.

—Más tarde, entonces.

—De acuerdo, pero… –dijo ella sin ganas.

—¿Pero qué?

—Que no servirá para nada.

—Maldita sea, Felicity –otra vez volvía a enfadarse–. Me debes una explicación, y no me voy a marchar hasta que la consiga.

—De acuerdo, pero tiene que ser esta noche. No puedo decir nada más aquí y ahora. Las cosas van de cabeza y Rita ya se ha tenido que encargar de todo esto bastante tiempo.

—De acuerdo, iré a tu casa ¿a qué hora?

Ella parecía a punto de negarse, pero sería mejor no discutir.

—A las ocho.

—Allí estaré –iba a marcharse, pero se detuvo–. Y… ¿Felicity?

—¿Sí?

—No finjas que no estás en casa como anoche, porque no me marcharé.

Capítulo Diez

¿Por qué aceptó Felicity que Reed fuera a su casa? ¿Por qué tenía que verlo? ¿Qué iba a salir de bueno de aquello?

«No tienes opción. Como él dijo, no se iba a marchar sin más, y probablemente Reed estuviera mirando por el ojo de la cerradura…»

Apenas había acabado de pensar eso cuando Rita abrió la puerta de su despacho y entró en el de Felicity.

–¿Ha venido por lo de la boda de los Newhouse? –preguntó.

–Sí –dijo Felicity, encantada de no tener que inventarse nada más.

–¿Se ha enfadado?

–No. Sólo ha dicho que le tengamos informado.

–Vaya, qué amable. ¿Crees que le cobrará algo a Madeline Newhouse?

Felicity se encogió de hombros porque no tenía ni idea de lo que haría Reed cuando se enterase de que la boda estaba cancelada.

–Ya veremos. Y ahora… ¿Dónde estábamos?

El resto del día se lo pasó intentando sin éxito no pensar en Reed. Llegó a casa sobre las siete, agotada, pensando que lo último que necesitaba era una visita de Reed, pero sabía que si llamaba para cancelarla, él no lo aceptaría.

Además, probablemente lo mejor sería quitarse todo aquello de encima para poder empezar con el triste proceso de olvidarlo a él y la semana que pasaron juntos, y seguir con su vida.

Decidió ducharse y ponerse algo más cómodo antes de que él llegara, y veinte minutos después salió ataviada con un vestido ligero y unas sandalias. Abrió una botella de Riesling y encontró en la nevera un trozo de queso Cheddar y unas galletas saladas. Si tenían algo que comer y beber, el ambiente sería más relajado y podrían hablar sin que Reed se pusiera demasiado nervioso.

Acababa de sacar un par de copas del armario cuando sonó el timbre. Su corazón la traicionó, como siempre, y Felicity tuvo que hacer unas respiraciones profundas en la cocina para tranquilizarse antes de ir a abrir.

Como siempre, al verlo perdió la poca calma que había recuperado. ¿Por qué no podía controlar sus emociones hacia él?

—Hola, pasa —le dijo. Por suerte, la voz no le traicionó.

Él entró al salón, donde ella había colocado el queso, las galletitas y el vino en una mesa, y miró a su alrededor.

—Bonita casa.

—Gracias. A mí me gusta.

—¿Llevas mucho tiempo aquí?

–Sólo un año. Antes tenía un piso en alquiler cerca de la oficina –le agradeció la charla intrascendente–. ¿Una copa de vino?

–Claro –Reed se sentó en uno de los sillones junto a la chimenea.

Mientras le servía el vino, Felicity no dejaba de darle vueltas a lo mismo. «¿Por qué fui a Cozumel? Fue un error y ahora voy a pagarlo durante mucho tiempo».

Levantó el vaso a modo de brindis y chocó su copa con la de él. Tomó un sorbo y se sentó en la butaca frente a la de él.

Se quedaron un momento en silencio hasta que él dijo:

–Bueno, ¿me vas a contar por qué saliste huyendo?

–Escucha –Felicity suspiró–. Lo siento. Tenía que haberte dejado una nota, pero estaba muy enfadada y no pensaba con claridad. Cuando Max llamó, seguro que eso lo sabes, me entró un ataque de pánico al pensar que pudiera haber reconocido mi voz, y decidí que no tenía que estar allí. No tenía que haber ido allí. Fue un error.

–Un error.

–Sí –dijo ella con voz todo lo firme que pudo.

Reed dejó su copa sobre la mesa, se puso en pie y fue hacia ella. Le agarró las manos y tiró para obligarla a incorporarse y llevarla hasta su boca. Enseguida estuvieron besándose como si no pudieran saciarse, y antes de que el cerebro de Felicity pudiera procesarlo, él ya la estaba llevando en brazos al dormitorio.

–¿Quieres que pare? –le dijo.

Si paraba, ella se moriría.

–No. No quiero que pares –susurró ella.

–Eso me parecía –dijo él antes de volver a besarla.

Cinco minutos más tarde, su ropa estaba en el suelo y ellos en la cama. No hubo sutilezas ni preliminares, sólo una intensidad que pronto les llevó a una explosión de placer.

Pero después, Felicity quería llorar. ¿Por qué se torturaba de ese modo?

–No puedes decirme que el estar juntos sea un error –dijo él.

Felicity se levantó y se vistió a toda prisa. Sabía que si se quedaba en la cama, no podría decirle nada.

–Es un error –le espetó. Se sintió aliviada al ver que él también se vestía, pues no estaba segura de haber podido mantener la calma mucho tiempo teniendo aquel cuerpo delante.

–Reed, tienes que admitir que aún estás despechado por Emma. Cuando superes eso, podrás seguir adelante. Además, tú y yo queremos cosas distintas: tú quieres una esposa, y yo no valgo para eso. Ya me casé una vez y no quiero repetir.

–Así que yo no tengo nada que añadir, ¿no? –los ojos azules chispeaban.

Ella se encogió de hombros. Felicity estaba segura de que él acabaría dejándola, así que mejor antes que después.

–No creo que haya nada más que decir.

–Muy bien –él la miraba muy serio–. Si eso crees, supongo que tendrás razón: no hay nada más que decir –y se marchó.

Reed estaba harto de las mujeres. No podían decidirse por nada. ¿Por qué se acostó Felicity con él si después pensaba mandarle a paseo? ¿A qué estaba jugando?

Además, estaba harto de que lo acusaran de sentir cosas que no sentía y de no sentir cosas que sí sentía. ¿Por qué no lo creía cuando le decía algo? ¿Por qué creía conocerlo mejor que él a sí mismo?

Se marchó a casa y hasta no estar cerca no se le ocurrió pensar que tal vez él, en sus deseos de no presionarla, le había hecho pensar que lo único que le importaba de ella era su cuerpo. Pero no era así. ¿O sí?

Eran casi las once, pero dio la vuelta bruscamente y se dirigió a casa de su hermana Shannon. Necesitaba consejo, y nadie mejor que ella, que era mujer, para eso. Tal vez ella pudiera mostrarle la perspectiva desde la que Felicity veía las cosas.

Al llegar a casa de Shannon vio que la luz del salón estaba encendida. Siempre le gustó trasnochar, pero su marido era un madrugador convencido y ya estaba en la cama.

Shannon le abrió la puerta y le ofreció un café. Fueron a la cocina y cuando su hermana le puso la taza delante, le preguntó;

–¿Qué ha pasado?

–¿Tan evidente es que ha pasado algo?

—Cuando tú tienes esa cara, sí. ¿Quieres un poco de tarta con el café?

—Me dejaré tentar. Te lo contaré si me prometes que te ahorrarás los sermones.

—Trato hecho. Deja que vaya a buscar la copa de vino que estaba tomando, y vuelvo enseguida —cuando volvió, fue directamente al grano—. Se trata de una mujer, ¿verdad?

—¿Cómo lo sabes?

—No puedo pensar en ningún otro tema para el que me pidas consejo, señor Perfecto.

—Deja de llamarme así. No soy perfecto.

—Ya. Dile eso a mamá.

—Si vas a empezar a meterte conmigo, me como la tarta y me voy.

—Oh, vaya, sí que estás sensible esta noche… Venga, cuéntame.

Ella no lo interrumpió aunque lo miró con cara incrédula cuando él le explicó cómo decidió invitar a Felicity a ir a Cozumel con él. Cuando acabó, obviando los detalles personales, dijo:

—Ahora no sé qué hacer.

—Dime, Reed, ¿estás enamorado de ella?

La pregunta del millón de dólares.

—Creo que podría estarlo —dijo él por fin.

Shannon levantó las cejas.

Reed se acabó la tarta y el café, y miró a los ojos a su hermana.

—Y lo que te impide hacer las paces con ella es… —apuntó Shannon—. ¿que no estás seguro de tus sentimientos?

–Es más que eso –admitió él–. Shannon, ¿y si tiene razón? ¿Y si la usé para recuperar a Emma?

En algún momento después de que Reed se marchara, Felicity por fin admitió para sí misma que estaba enamorada, profundamente enamorada de él. Y si él la correspondiera, estaría dispuesta a enterrar todas sus reticencias sobre el matrimonio.

«Oh, Reed, ¿por qué no me quieres? ¿Por qué sólo me quisiste para el sexo?»

Cuando pensaba en lo agradable y dulce que había sido, ella se decía que lo había hecho porque tampoco le resultaba costoso. Tenía que olvidar Cozumel y seguir adelante con su vida.

A las dos, agotada por el llanto, consiguió dormirse.

–¿Has pasado mala noche?

–Podría decirse que sí –le respondió Felicity a Rita.

–Bueno, el café está listo y he traído rosquillas frescas.

En condiciones normales, Felicity se habría espabilado al oír la palabra rosquilla, pero aquélla no era una mañana normal. Fue a la cocina y, además del café, se tomó también un analgésico. Por suerte, no tenían una mañana muy ajetreada en la oficina, pues los proveedores de la boda Newhouse estaban avisados, y sólo quedaban algunos detalles finales por ultimar de la boda Stauton, pero nada complicado.

A las diez Felicity deseó tener mucho más trabajo para no pensar, porque pensar era lo último que quería hacer.

En ese momento entraron Emma y Garrett Keating muy sonrientes.

–Hola –saludó Felicity, pensando lo guapa que estaba su amiga con el vestido azul que llevaba–. ¿Qué os trae por aquí?

–Está claro, ¿no? –rió Emma–. Venimos a contratar tus servicios.

–¿En serio? –Felicity sonrió–. ¿Ya tenéis fecha?

–Sí –dijo Garrett, y miró a Emma con rostro arrobado.

Era un chico bastante decente, y más apropiado para ella que Reed, pero Felicity no podía pensar en público en Reed, y menos con Emma delante, porque podía provocar una catástrofe.

Pasaron los siguientes cuarenta minutos haciendo planes para la boda que, como Emma quería que fuera antes de su treinta cumpleaños, el treinta y uno de agosto, y contaban con muy poco tiempo, no podría ser nada complicada.

–Eso no importa –dijo Emma–. Tampoco es eso lo que queremos. Queremos una boda con la familia directa y los amigos.

Aunque Felicity no quería pensar en Reed, no pudo evitar pensar qué opinaría él de que se casara tan poco tiempo después de su ruptura.

–¿Daréis la fiesta en el club?

–Sí, eso me temo.

–¿Por qué dices eso? –preguntó Felicity.

Emma suspiró.

–Porque lo que a mí me gustaría sería hacerlo en la galería. Ya sabes que hemos tenido fiestas con entre cincuenta y cien personas.

La galería de Emma estaba situada en el centro histórico de Eastwick, en una casa de doscientos años con altos ventanales y rodeada de arbolado y una valla de madera blanca. Felicity se lo imaginó decorado con flores y le pareció una idea estupenda. Tal vez Emma podría encontrar un vestido de estilo victoriano...

–¿Y por qué no lo haces allí entonces?

–Mi madre casi se cae redonda en el acto cuando se lo sugerí –dijo Emma–. Después pensé que últimamente nos hemos peleado mucho, y que no merece la pena. ¿Qué va a cambiar hacerlo en un sitio o en otro? Garrett y yo nos casaremos, y eso es lo que cuenta.

Garrett asintió.

Felicity sabía que su decisión era la correcta, pero le daba pena Emma. ¿Por qué no podían sus padres ser más comprensivos?

–Quiero que seas mi dama de honor –le dijo Emma–. Irás de azul, por supuesto –el color favorito de Emma, que a Felicity también le sentaba muy bien.

–Oh, Emma –los remordimientos le provocaron un nudo en la garganta y apenas pudo contener las lágrimas al darle las gracias y aceptar su propuesta.

–¿Pasa algo? –dijo Emma preocupada–. ¿No quieres ser dama de honor?

—Oh, no, no es eso. Es sólo que me he emociona-do.

Felicity se sentía un gusano. Un gusano repug-nante. Emma era muy buena amiga, siempre since-ra y leal, y ella le había mentido; debería haber con-fiado en ella y haberle contado la verdad.

¿Qué pasaría si Emma se enteraba de dónde ha-bía pasado realmente Felicity la semana anterior?

Hundida, Felicity se preguntó si su amistad po-dría superar aquello.

Oh, cielos, si perdía a Emma además de a Reed, no sabía si podría soportarlo.

Capítulo Once

A las cuatro de aquella tarde, Felicity tenía una reunión en el club de campo del comité social antes presidido por Bunny Talbot, y por su hija en la actualidad. No tenía ninguna gana de ir, pero si no aparecía ese día, que era cuando repartirían las tareas, tal vez decidieran prescindir de ella de forma permanente.

–Hola –le dijo Abby al verla llegar. Vanessa ya estaba allí también–. Me alegro de que hayas podido venir.

–Yo también –una vez allí, Felicity se sintió mejor. Tal vez estar con sus amigas la ayudara a sacarse a Reed de la cabeza. ¿Por qué no podía dejar de pensar en él?

–Mary Duvall ha venido hoy por primera vez –explicó Vanessa, así que será mejor que vayamos a acompañarla.

–Id vosotras primero –dijo Felicity–. Voy a pedir un té con hielo.

Harry, el camarero, al que conocían por ser clientas habituales, le preguntó qué tal se encontraba y por su bronceado.

Felicity lo miró dudando de sus motivos. ¿Es que

sospechaba algo? Oh, estaba paranoica. Harry siempre charlaba de cualquier cosa.

—He estado una semana en un spa.

—Qué suerte…

Felicity tomó su bebida después de pagar y salió a buscar a las demás, que estaban sentadas a una mesa. Saludó a Mary con un beso y tomó asiento con las demás.

Hacía una temperatura muy agradable, y Felicity se fue relajando gradualmente hasta que vio a un hombre moreno junto al agua. Dio un respingo y notó que se mareaba, pero entones se dio cuenta de que no era él.

—¿Qué te ha ocurrido? —dijo Vanessa—. ¡Vaya respingo!

—No sé —respondió Felicity—. ¿No os ha pasado nunca el sobresaltaros por algo que no sabéis qué es?

—No —dijo Vanessa.

—No —dijo Abby.

Felicity forzó una risilla.

—Vale, yo soy la rara del grupo. Será mejor que vaya a lavarme estas salpicaduras de té del vestido.

Una vez en el baño, intentó tranquilizarse. No podía permitirse echarse a temblar cada vez que viera a alguien que se pareciera a Reed… ¿Qué iba a ser de ella cuando lo viera a él de verdad?

—¿Estás bien? —le preguntó Mary cuando volvió con las demás.

—Sí —respondió ella—. Supongo que me he pasado con los cafés esta mañana y estoy más nerviosa de la cuenta.

Acabaron de hablar lo que tenían que hablar y se quedaron un rato observando a los niños jugar en el agua. Un niño muy guapo de unos dos años dejó caer su pelota y ésta llegó rodando hasta los pies de Mary. Ella se agachó y se la devolvió. El niño le sonrió agradecido, y Felicity se sorprendió al ver lágrimas en los ojos de su amiga. Ella también estuvo a punto de emocionarse al ver la reacción de Mary, pero ya había llorado bastante la noche anterior, y además, ningún hombre se merece ninguna lágrima; todos son decepcionantes al final.

–Por cierto –Abby interrumpió los pensamientos de Felicity–, la policía me ha hecho caso y va a investigar de nuevo el caso de la muerte de mi madre.

–Ya era hora –dijo Vanessa.

–El informe del forense fue definitivo –informó Abby–. En él decía que no había restos de *digitalis* en el cuerpo de mi madre, pero yo sé que se tomó la medicación hasta el día de su muerte. La vi tomarla. Y su pastillero ha desaparecido.

–Qué extraño –dijo Vanessa.

–Y además, la limpiadora de mi madre oyó que una mujer le gritaba el día de su muerte, así que ahora la policía está buscándola para interrogarla.

–¿Creen que pudo ser esa mujer? –preguntó Mary.

A Felicity le pareció una pregunta extraña, y también debió parecérselo a Abby por la forma en que la miró.

–No lo sé. No me han dicho nada más que que han abierto la investigación de nuevo.

Mary asintió con aire preocupado y Felicity olvidó sus problemas por un instante para pensar en los de Mary. Desde luego, ya no se parecía a la chica que fue compañera suya de clase hasta que fue a estudiar al extranjero, alegre y risueña. Desde que volvió de Europa era callada, y a veces, como cuando le dio la pelota al niño, se la veía triste.

«Supongo que todos tenemos nuestros secretos».

A las cinco y media, Vanessa dijo que se tenía que ir, y todas decidieron imitarla. Se abrazaron y besaron, prometiendo verse pronto.

–No olvides la próxima comida de las Debs… –dijo Abby a Mary, que murmuró algo de que iría.

De vuelta a casa, Felicity no podía dejar de pensar en la tristeza de Mary. Tal vez tuviera amores desgraciados en Europa. «Oh, parece que es lo único en lo que puedes pensar. Que ése sea tu problema no quiere decir que también sea el suyo».

Intentó apartar completamente a Reed y todo lo relacionado con él de su mente y empezó a pensar en las preguntas que Mary le había hecho a Abby acerca de su madre. Aunque a Felicity no le gustaba la idea, no pudo evitar volver a pensar en si Rita estaría involucrada en el asunto.

Cielos, qué dolor de cabeza se le avecinaba: el sentimiento de culpa por traicionar a Emma, su tristeza por lo de Reed, su preocupación por Mary y las sospechas de Rita… era demasiado.

La cosa no cambió en los días siguientes. Emma estaba tan excitada por su boda que había llamado varias veces para quedar para comer. Felicity sabía que pronto se le acabarían las excusas, pero no se sentía bien como para estar con ella, puesto que eso le haría recordar a Reed y su traición a su amiga. Le resultaba imposible hacerse la inocente cuando estaba cerca de ella.

Y estaba Rita, que estaba con ella todos los días. Cada vez que Rita hacía una pregunta sobre las amigas de Felicity, ésta se preocupada porque su asistente estuviese involucrada en el asesinato de Bunny Talbot y los chantajes. ¿Qué haría Felicity si era así?

Además, estaba el trabajo. Tenían la boda de los Staunton el sábado en el club, y como la novia, Jemima Staunton era la nieta de uno de los socios fundadores, todo tenía que rozar la perfección.

Los problemas no eran una carga ligera, y a Felicity le estaba afectando al sueño. Eso hacía que estuviera de mal humor y cansada, como si fuera a pillar una gripe, todo el día. Para cuando llegó el viernes, todo el que tuvo que tratar con ella se preguntó qué demonios le había pasado.

Y seguía sin decirle a Reed que la boda de los Newhouse había sido cancelada. Sabiendo que no tendría coraje para ir a hablar con él en persona, le envió un correo electrónico.

Hola, Reed:

Siento decirte que Portia Newhouse ha cancelado su boda, así que no necesitamos Rosedale para hacer las fotos. Si deseas una compensación, por favor, envía tu factura a mi oficina y yo se la mandaré e Madeline Newhouse.

Gracias,

Felicity

Dudó un momento antes de enviarlo, pero por fin lo hizo.

Bien, ya estaba, pensó ella. Ya no tenía más motivos para hablar con Reed en toda su vida. Al instante, los ojos se le inundaron de lágrimas, y en ese momento, Rita salió de su oficina.

–¡Felicity! ¿Qué te pasa? ¿Qué ha pasado?

Aunque Felicity pretendía aparentar normalidad, no podía y las lágrimas le caían por las mejillas. Rita la abrazó hasta que se calmó.

–¿Me vas a contar qué ha pasado? –preguntó Rita con dulzura.

Felicity la miró a las ojos: tenía una expresión dulce y una mirada cordial. Rita no podía tener nada que ver con el chantaje.

–Tengo que confesarte una cosa… Me da vergüenza decírtelo, pero he pensado en que tú podías ser la persona que ha estado chantajeando a mis amigas.

–¿Chantajear a tus amigas? ¿Quién sufre chantajes?

–Eso no te lo puedo decir. Me lo contaron como un secreto, pero todo empezó cuando Bunny Talbot murió

–¡Oh, pero si eso es terrible!

–Desde luego.

–¿Y dices en serio que creías que tenía algo que ver con esto…?

Felicity le hizo una mueca.

–Siento haber pensado mal de ti, de verdad; en realidad no te creí capaz de hacer algo así.

–¿Tú has recibido alguna de esas cartas?

–¿Yo? No, yo no tengo nada que ocultar.

Pero en cuanto dijo esto, supo que sí lo tenía. Entonces supo lo que tenía que hacer.

–Rita –le dijo–, hablaremos más tarde, ¿de acuerdo? Ahora tengo que ir a hacer algo importante.

Veinte minutos más tarde aparcaba delante de la galería de arte de Emma.

–¡Felicity! –exclamó ella al verla entrar–. ¡Qué sorpresa!

Las dos amigas se abrazaron y Felicity le pidió que fueran a hablar a un lugar reservado. Una vez en el despacho de Emma, Felicity tomó aliento y empezó:

–Hum… hay algo que tengo que contarte. Lleva mucho tiempo quemándome por dentro, y hoy supe que no podía aguantar más.

Emma abrió mucho los ojos por un segundo, el único gesto que revelaba que le habían sorprendido las palabras de Felicity. Ella le contó cómo fue a Rosedale a hablarle a Reed de la petición de los Newhouse, y cómo él la invitó después a Cozumel y ella había aceptado. Emma escuchó en silencio mientras Felicity se desahogaba.

–Por favor, dime que me perdonas –le dijo al acabar.

–Oh, no hay nada que perdonar –dijo Emma con una sonrisa temblorosa–. Me alegro de que Reed haya encontrado a otra persona, y mucho más de que esa persona seas tú.

Felicity estuvo a punto de echarse a llorar una vez más. ¿Qué le pasaba que no podía contenerse?

—Oh, qué buena persona eres –le dijo a Emma–. Y qué buena amiga. Siempre deseé parecerme más a ti.

—Y yo también habría deseado parecerme a ti en tu fuerza y tu coraje –repuso Emma–. Todas te admiramos.

Volvieron a abrazarse y Felicity pensó lo afortunada que era de tener a las Debs, por eso, si Reed no la quería, se las apañaría bien, igual que lo había hecho hasta entonces.

Reed leyó el correo electrónico de Felicity y dudó si contestarlo o no. Al final, decidió no hacerlo. No quería escribirle, lo que quería era verla y tocarla, y que ella admitiera que sentía lo mismo.

Demonios, lo suyo no era un «error», pero ¿cómo podía convencerla de ello? Entonces se dio cuenta de que cuando la había invitado a ir a Cozumel, ella había dicho que no, pero al final había aceptado después de enviarle las flores y los preservativos.

Estaba claro: Felicity no era el tipo de mujer con la que se llegaba a un acuerdo hablando… ¡Ella era una mujer de acción!

Reed sonrió.

Sabía exactamente lo que tenía que hacer.

Capítulo Doce

El olor de cientos de rosas perfumaban el ambiente mientras Felicity se hacía una lista mental. Estaba a la entrada de la iglesia mirando cómo Rita colocaba la cola del precioso vestido de Jemima Staunton. Desde el interior se oían los murmullos de anticipación de los invitados, deseosos de ver a la novia.

El organista empezó a tocar el *Aria en Re Mayor* de Bach, la pieza que Jemima y su madre habían escogido para la entrada de la novia. Era una elección perfecta para la novia y el elegante marco.

Felicity fue a hablar con la primera dama de honor y le recordó que tenía que andar despacio. La chica sonrió, decidida a hacerlo bien.

Cuando todo estuvo preparado, Felicity entró en la iglesia, y una vez la novia y su padre se hubieron puesto en marcha, Rita la siguió. Felicity buscó la cara de Reed entre los invitados, pero no lo vio. En algún momento tenía que encontrarse con él, eso lo sabía, pero prefería que fuera cuanto más tarde, mejor, para poder controlar mejor sus emociones.

No había recibido respuesta al correo electrónico que le mandó, aunque en realidad no la esperaba. Estaba segura de que se había olvidado ya de ella y se había lavado las manos.

El sacerdote comenzó la ceremonia y, por una vez, Felicity, normalmente muy ocupada pensando en lo que tendría que hacer en cuanto saliera de allí, escuchó sus palabras con especial atención.

—El matrimonio es la unión de hombre y mujer en cuerpo, alma y mente —decía—. Su fin último es el gozo, la ayuda y el apoyo mutuo de los cónyuges, tanto en la prosperidad como en la adversidad.

¿En la prosperidad y en la adversidad? Pensó tristemente Felicity. ¿Tendría ella eso alguna vez? ¿Alguien con quien compartir las alegrías y las penas? ¿Alguien en quien apoyarse? ¿Alguien que se preocupara por ella de verdad?

«Oh, Reed…»

Sus ojos se llenaron de lágrimas y buscó un pañuelo en su bolso. Siempre había sabido contenerse, pero últimamente le costaba una barbaridad.

—Es una relación que se sostiene en el amor —continuó el sacerdote—. Pero también en la lealtad y en la confianza, así como en la amistad. Sobre todo en la amistad. Antes de que Jemima y Phillip supieran que estaban enamorados, eran amigos, y ésa fue la semilla de la que nació su destino. No penséis que podéis dirigir el curso del amor, porque es más bien éste el que os encuentra y el que busca su propio camino.

Lo que decía era tan hermoso que a Felicity le dolía el corazón. Por fin se enfrentó a la verdad que llevaba tanto tiempo negando. Por supuesto que creía en el matrimonio; había tenido miedo de volver a sufrir por entregarse en cuerpo y alma a alguien que no lo mereciera como Sam.

«Oh, Reed, ¿por qué no me amas? ¿Por qué yo sólo fui para ti una ayuda para olvidar a Emma?»

–Voy a tomar un poco de aire fresco. Enseguida vuelvo –le dijo a Rita al darse cuenta de que no podría contenerse mucho más.

Rita la miró con curiosidad, pero no dijo nada.

Felicity salió a respirar un poco y calmarse. Después en la comida, tendría tanto que hacer que no podría pensar en Reed. Menos mal.

Reed observaba a Felicity desde detrás de una planta en una de las terrazas. Ella no sabía que él estaba allí, y eso era lo que él quería. Ya tendría tiempo de descubrir su presencia más tarde, por el momento se contentó con observar el fruto de su trabajo. Iba de un lado para otro, controlándolo todo y asegurándose de que todo estaba bien, y vestida con un vestido de encaje negro y unos tacones de diez centímetros; Reed rió al recordar lo que decían de Ginger Rogers y Fred Astaire: que ella hacía lo mismo que él, sólo que en tacones y hacia atrás.

El club estaba precioso, decorado con lazos y orquídeas, y Reed imaginó que Felicity también tendría algo que ver con aquello.

Todo el mundo había acudido con sus mejores galas a la boda. Reed conocía a la mayoría, incluidos los padres de los novios, aunque no le hubieran invitado. De todos modos, no creía que nadie le reprochara haberse colado en la fiesta: todos estaban muy ocupados pasándoselo bien.

–¡Oh, Reed Kelly! –llamó Lucia Peretti, la esposa de uno de sus clientes, enfundada su voluptuosa figura en un traje de lentejuelas rojo brillante.

–Hola, Lucia –saludó él, deseando que Felicity no la hubiera oído. No, por suerte parecía estar hablando con los camareros.

–¿Qué haces ahí detrás? –preguntó Lucia, divertida.

–No me estoy escondiendo.

–Ah, pues eso parecía… Ven a bailar conmigo –le dijo la mujer, agarrándolo del brazo y moviéndose al ritmo de la música.

–Oh, no gracias, Lucia, es que… –no le dejó acabar la frase y lo sacó de detrás de la planta.

–No te preocupes, la salsa es fácil –le dijo.

–No es eso –dijo, pero puesto que se había quedado sin cobertura, lo mínimo que podía hacer era actuar galantemente con ella y llevarla a la pista de baile.

Reed supo en qué momento exactamente Felicity lo vio. Por un breve instante sus ojos se encontraron, pero ella apartó la mirada. Se había quedado pálida al verlo, le había afectado… esperaba que fuera una buena señal.

–Qué bien bailas, Reed –le dijo Lucia–. ¿Has venido solo?

–Sí, pero tengo planes…

Lucia sonrió.

–Espero que ella sepa la suerte que tiene.

–Yo soy el que tiene suerte –dijo Reed, «si las cosas salen como espero».

¿Qué estaba él haciendo allí?

Felicity estuvo a punto de desmayarse cuando vio a Reed en la pista de baile. No había visto su nombre en la lista de invitados, y lo había buscado. ¿Se había colado en la boda? ¿Por qué?

Mientras colocaba los arreglos florales, le temblaban las manos. ¿Iba a quedarse toda la tarde? ¿Lo hacía para torturarla? ¿Y la mujer con la que bailaba? ¿Sería la siguiente conquista que se llevara a Cozumel? Sintió una náusea. «¿Por qué te dejaste atrapar?»

Como sus preguntas no tenían respuesta, tuvo que asumir que tendría que superar aquella fiesta y el resto de su vida, porque no sería la única vez que vería a Reed con otra mujer.

Tragó saliva.

Uno de esos días encontraría a alguien con quien quisiera casarse, y al pensarlo, Felicity se sintió mareada.

«No puedo soportarlo. Tendré que marcharme».

–Felicity, pareces agotada.

Felicity levantó la cabeza con esfuerzo y vio a Rita a su lado.

–¿Por qué no vas a sentarte y tomas algo fresco? –insistió–. Todo va bien. He visto que están algunas de tus amigas. Abby Talbot está en la pista de baile.

–Rita, estoy bien,

–¿Por qué eres tan cabezona? No estás bien, es evidente.

Felicity no quiso discutir; no tenía fuerzas para ello.

–Tú ganas. Iré a sentarme.

Felicity tomó una copa de champán de un camarero que pasó delante de ella en ese momento y fue a buscar a Abby. Acababa de verla en la terraza, así que miró en esa dirección cuando alguien le tocó el hombro. Se giró esperando ver a Rita de nuevo, pero se encontró con los ojos azules de Reed. Se quedó sin palabras.

–¿Me concedes este baile? –dijo.

–Estoy trabajando –balbuceó ella.

–Si puedes tomar champán, entonces también puedes bailar –dijo él, señalando su copa y agarrándola de la mano.

Felicity dejó la copa sobre una mesita y se dejó llevar para no montar una escenita, pero cuando sintió que la rodeaba con los brazos y la atraía hacia sí, supo que tendría que haber montado la escena. Reed tenía el poder de anular su voluntad, y si quería hacerle el amor allí mismo, ella no podría impedírselo.

Fue estupendo bailar con él y recordad lo que habían compartido. Fue horrible bailar con él pensando que nunca podría tener aquello.

–Estás muy guapa –le dijo Reed–, pero tú siempre lo estás.

El corazón se le descontroló. ¿Por qué le hacía esto? ¿Es que no se daba cuenta de lo injusto que era?

–He estado observándote –continuó él–. Me has dejado admirado por tu forma tan eficiente de trabajar.

–Gracias…

–Eres una mujer muy especial.

¿Qué quería?

–Mírame, Felicity –le susurró mientras la sujetaba con más fuerza.

Ella levantó lentamente la mirada.

–Tengo que saber una cosa –le dijo.

–¿El qué?

La canción terminó y la banda anunció un descanso de quince minutos, así que la gente salió de la pista, pero Reed no se movió ni la soltó.

–Tengo que saber si me quieres. Porque yo te quiero… te quiero más de lo que pensé que podría querer a alguien en toda mi vida, y quiero que pasemos el resto de nuestras vidas juntos.

A Felicity se le detuvo el corazón. ¿Había oído lo que creía que había oído? ¿O es que lo deseaba tanto que había sido producto de su imaginación?

Entonces, en un momento que contarían a sus hijos y a sus nietos, Reed se arrodilló ignorando a toda la gente que les rodeaba y que había dejado de hablar de sus cosas para mirarlos, y dijo en una voz que podía ser oída por todos:

–Felicity Farnsworth, ¿quieres ser mi esposa?

Una vez más, los ojos de Felicity se llenaron de lágrimas.

–Oh, Reed…

Él sonrió con una de esas sonrisas suyas, torcidas.

–¿Eso es un sí?

–¡Sí, sí, sí!

Él se levantó para besarla y los invitados a la boda empezaron a aplaudir. Cuando el beso terminó, sacó una cajita de terciopelo azul. Felicity la abrió y no pudo contener la exclamación: dentro había un anillo con un precioso diamante rosa.

Reed le colocó el anillo y Felicity lo miró, y después miró a Reed maravillada.

–Aún no me has dicho si me quieres –bromeó él.

Ella sonreía como una boba, pero no podía evitarlo.

–Te adoro, tonto –le dijo, y se echó en sus brazos para demostrarle con un beso lo que llevaba en el corazón.

En el Deseo titulado *Mujer de compraventa* de Bronwyn Jameson podrás encontrar el siguiente libro de la interesante saga VIDAS SECRETAS

Deseo™

Placer insospechado
Susan Mallery

El primer error del millonario Kane
Dennison había sido llevarse a casa a
Willow Nelson. Por mucho que ella
estuviera herida y necesitara su ayuda, jamás debería haberle hecho creer que era un buen hombre. Porque
no lo era.

El segundo error había sido dejarse
llevar por la pasión después de haberle recomendado a Willow que se
marchara. Ella creía en el amor, mientras que él no confiaba en nadie… ¡y
no necesitaba a nadie! Y ni siquiera
ella podría cambiarlo.

**Una mujer como ella merecía algo más que una
aventura de una noche**

Acepte 2 de nuestras mejores novelas de amor GRATIS

¡Y reciba un regalo sorpresa!

Oferta especial de tiempo limitado

Rellene el cupón y envíelo a

Harlequin Reader Service®
3010 Walden Ave.
P.O. Box 1867
Buffalo, N.Y. 14240-1867

¡Sí! Por favor, envíenme 2 novelas de amor de Harlequin (1 Bianca® y 1 Deseo®) gratis, más el regalo sorpresa. Luego remítanme 4 novelas nuevas todos los meses, las cuales recibiré mucho antes de que aparezcan en librerías, y factúrenme al bajo precio de $3,24 cada una, más $0,25 por envío e impuesto de ventas, si corresponde*. Este es el precio total, y es un ahorro de casi el 20% sobre el precio de portada. !Una oferta excelente! Entiendo que el hecho de aceptar estos libros y el regalo no me obliga en forma alguna a la compra de libros adicionales. Y también que puedo devolver cualquier envío y cancelar en cualquier momento. Aún si decido no comprar ningún otro libro de Harlequin, los 2 libros gratis y el regalo sorpresa son míos para siempre.

416 LBN DU7N

Nombre y apellido	(Por favor, letra de molde)
Dirección	Apartamento No.
Ciudad	Estado	Zona postal

Esta oferta se limita a un pedido por hogar y no está disponible para los subscriptores actuales de Deseo® y Bianca®.
*Los términos y precios quedan sujetos a cambios sin aviso previo.
Impuestos de ventas aplican en N.Y.

SPN-03 ©2003 Harlequin Enterprises Limited

Julia

on nervios de acero y un físico a la altura de las circunstan-
as, Seth Ketchum se tomaba su trabajo de policía con la se-
edad que el puesto requería. Por eso cuando volvió al ran-
o de su familia a investigar un asesinato, tenía la mente
ntrada en el trabajo... hasta que se encontró con Corinna
awson, la mujer que lo tenía fascinado desde el instituto.
orinna había deseado vivir un amor verdadero, pero había
abado embarazada y con el corazón roto. Entonces, Seth
areció de nuevo en su vida y todo cambió. Lo que no ha-
a cambiado era la inseguridad que los había mantenido se-
rados durante veinte años.

Amor y ley

Stella Bagwell

**Después de tantos años,
quizá hubiera llegado el
momento de descubrir
juntos el amor...**

Bianca™

Había pagado por una amante, pero se marcharía de allí con una esposa

El millonario griego Damon Latousakis necesitaba una amante y había elegido a la mujer a la que había desterrado de su vida hacía cuatro años... Quizá no confiara en ella, pero tampoco podía resistirse a sus encantos.

Charlotte Woodruff no había podido olvidar lo que había sentido por Damon y cuánto había sufrido cuando él la había acusado injustamente. Pero ahora no podría decir que era inocente después de haber mantenido en secreto a la hija de ambos...

Fue entonces cuando Damon descubrió que la pequeña de Charlotte era hija suya y empezó a exigir algo más...

Pasado amargo

Melanie Milburne